文具精灵国
跟着童话学写作 ①

构建故事卷

创意魔校开学啦

郭恒祺 著　BO2 绘

北京理工大学出版社
BEIJING INSTITUTE OF TECHNOLOGY PRESS

作者序

从身为"文具控"到写出《文具精灵国》

我是周星驰的忠实粉丝。《少林足球》里有一句经典台词,深得我心:"我身为一个汽车维修员,有个锤子在身边也很合逻辑。"

我也可以依样画一个葫芦:"我身为'文具精灵国'系列的作者,家里有上百把剪刀、用不尽的铅笔、圆珠笔、彩色笔,还有随处可见的笔记本和素描纸,也真的很合逻辑。"

正因为从小对五花八门的文具情有独钟(**依现在的流行说法叫作"文具控"**),我开始寻找国内外相关题材的童书。说来奇怪,既然文具(stationery)是陪伴孩子求学过程中最好的朋友,为何相关创作却如凤毛麟角呢?

因为怎么样都找不到这种类型的故事,所以我干脆亲自动手把文具变成主角来创造故事。我始终相信:以贴近孩子的寻常事物为题材来写故事,最容易引起他们的共鸣。另外,这几年我担任小学故事创作比赛评审,发现不少主角设定仍停留在动物、魔法或王子公主,故事又常改编自经典故事、网络游戏、奇幻冒险故事。虽说天马行空是创意所在,但这匹"天马"如果四处乱窜,缺乏基本结构与精确用词,仍令人十分忧心。

我认为受过多网络文化影响的孩子,更需要提早培养

"沟通无碍"的能力。这绝对要靠大量的阅读和写作来启发想象力,开阔视野。但怎么读又怎么写?我常说,阅读是种输入(input),写作是输出(output)。要写出好故事,首先要多读好故事,然后孩子能从中学习到:

1. 描写具有明显性格特征的主角人物(观察生活中每个人的言行举止也有助于塑造角色哦);

2. 模拟有来有往的对话与用词(练习精确地用字和人际互动的句子);

3. 安排故事的起承转合(思考事情发生先后顺序的逻辑)。

本书就是为此目的而诞生。我希望除了提供有趣的故事之外,也向孩子们演示可以马上学会的成语(书中标黄部分)、谐音(书中标蓝部分),还有什么是"创意"。例如"分班"这件事:每种不同"功能"或"特质"的文具,都被分到不同的班,像不锈钢剪刀小子和美工刀人,他们都是"分得开"班的同学;胶水弟弟和订书机小子当然就到"在一起"班,而那些风一吹就飘走的彩纸妹妹,自然就被分到"轻飘飘"班了。

每个故事都让文具精灵"抖包袱",就是希望可以让大小读者一边读到好故事,一边学会写出好故事,并从文具精灵身上学到满满的幽默与机智。

我衷心希望小读者与家长、老师,都可以喜欢、记得并活用这系列的每一个故事,快把这套书带回家吧!

人物介绍

书包 校长

创意魔法学校的创办人,是文具精灵界德高望重的资深魔法教授。笑起来有酒窝,爱吃美食,生性乐观、开朗,鬼点子特别多。喜欢打探文具精灵们的消息,在校园里神出鬼没,是个老顽童。

字典 老师

刚加入"创意魔法学校"的美丽女老师,有一双水汪汪的大眼睛,气质优雅但容易脸红害羞。精通各国语言,尤其是中英文。对学生有问必答,是文具精灵们倾诉心事的好老师。

铅笔盒 老师

书包校长的得意门生和助手。有一张帅气的明星脸,头上长着一根天线,肚子里总是藏着一些神秘的魔法道具。个性温柔有礼,但对文具精灵训练要求高。偷偷对字典老师有好感。

放大镜 医生

"创意魔法学校"的特约校医,也是"动动脑文具综合医院"的院长,内外科都精通,观察力绝佳,往往"一眼"就能看出文具精灵哪里出了毛病。他也是书包校长的多年好友,是书包校长的魔法咨询对象之一。

木头铅笔小子

"笔一笔"班头号风云人物。身材修长,最爱练习写字,到处写个不停,个性耿直又爱打抱不平。他和橡皮擦女孩、卷笔刀人组成"文具精灵三结义",号称创意魔法学校的第一个偶像团体。

橡皮擦女孩

"爱整洁"班的开心果,也是木头铅笔小子的忠实粉丝。身材圆滚滚的,常一跳一跳地走路。有点傻乎乎的,但心地善良,后知后觉,是标准的乐天派。她非常爱干净,最爱自愿当班上的值日生。

卷笔刀人

"分得开"班年纪最小的同学,是木头铅笔小子的指定造型师,只有他能把铅笔头削得尖尖的。他的个性也和身材一样,四四方方常钻牛角尖,有时会把心事闷着不说而暗自伤心,和班上同学意见也常常不一致。

直尺小子

"守规矩"班的热血代表,十五厘米的身高,却有着想要和天一样高的志气。个性"直"来"直"去的他,不仅担任学校的纪律委员,更是各科老师上课时不可或缺的小帮手。

人物介绍

美工刀人

和不锈钢剪刀小子号称"分得开"班的"二刀流",也是"轻飘飘"班"纸"类同学最怕的对象。他希望自己有朝一日能做出巧夺天工的手工作品,夺得大奖,为"创意魔法学校"争光。

不锈钢剪刀小子

"分得开"班的"急先锋"。个性冲动,心直口快又好强,认真做起事来相当利落,爱帮同学解决难题,却常忘了自己才是引起纷争的原因。

长尾夹妹妹

"在一起"班的热舞女王,拥有修长的双腿。个性活泼有活力,随时随地都想跳支舞,是"创意魔法学校"肢体最灵活的"舞"林高手,但大家都很怕她热情的"夹夹"魔法拥抱,因为只要没夹好,就会让人觉得好痛!

圆规妹妹

"守规矩"班新来的转学生。个性文静内向,热爱跳芭蕾舞。因为凡事力求完美,所以常搞得自己很累,一件事常要先想半天,又不敢行动,渴望结交更多的新朋友。

彩纸妹妹

"轻飘飘"班的小可爱班花。她头上爱别朵小花,是"创意魔法学校"的时尚潮人。人缘一级棒,"分得开"班的所有同学都是她的超级粉丝。她的魔法就是随时变出新造型,据说她的衣橱里总有穿不完的七彩新衣服。最爱吃甜筒,但一直担心自己吃得太胖。

厚纸板姐姐

"轻飘飘"班体重最"不轻"的大姐大,很有正义感,但讲话大刺刺,嗓门大,经常路见不平挺身而出。"分得开"班的不锈钢剪刀小子和美工刀人最怕她。

图画纸大哥

和厚纸板姐姐、书皮纸同学组成"纸有为你"美术社。有一张超级大脸,最喜欢被"笔一笔"班的同学们涂鸦。他的志愿是进入最著名的法国卢浮宫,当一张比《蒙娜丽莎的微笑》还要红的名画。

订书机小子

"在一起"班同学,有一口亮晶晶的"订书钉牙齿"。最爱刷牙,热心公益,最爱帮老师忙。虽然是位好帮手,但有时会因个性急躁而弄巧成拙。"轻飘飘"班同学最怕他的"一钉搞定"魔法。

作者序	02
人物介绍	04

1 魔力四射的创意魔校开学派对　　10

2 木头铅笔小子、橡皮擦女孩和卷笔刀人的"三角习题"　　22

3 圆规妹妹转个不停的舞蹈大赛　　38

4 直尺小子最伟大的终极梦想　　54

5 "分得开"班与"轻飘飘"班的
　　 "给你一个赞"辩论会　　72

6 文具精灵们最害怕的体检日　　88

好用成语、词语秘籍　　104

文具精灵的写作课 ❶　　114

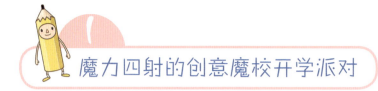

魔力四射的创意魔校开学派对

"文具什么东东"村的创意魔法学校,终于要开学了!

就读于"创意魔校"的所有文具精灵们,早就摩拳擦掌,跃跃欲试。他们不仅准备在新学期学会更多的奇幻魔法,更满心期待着传说中最华丽,也最有看头的开学派对。

"什么!文具也可以开派对啊?"大家纷纷猜测着文具精灵们到底会搞出什么花样。

热闹的开学日终于来临了。这一天,书包校长特地起了个大早,先把自己的帆布西装熨得平平整整,再把背带调整到最佳位置,然后笑呵呵地站在校门口,迎接同学们的到来。

"呵!呵!各位同学,好久不见!"书包校长

向成群结队一起来上学的同学们挥着手。

"书包校长早安!"大家也神采奕奕地和校长打招呼。

木头铅笔小子牵着白白胖胖的橡皮擦女孩走在最前面,边走边跳地踏进校门。他们俩从小一起长大,感情一直都很好。

书包校长慈祥地向他们点点头,刚一转身,就看见不锈钢剪刀小子和美工刀人飞也似地穿过巷子转角。原来,他们正在比赛谁先冲进校门,

一旁的同学们都被吓得纷纷躲避。

"啊！小心，别撞到我！"彩纸妹妹尖叫了一声，原来是不锈钢剪刀小子和美工刀人的刀锋"咻"地划过她身旁，她赶忙跳到一边，生怕自己一不小心就被"唰"一刀误伤了。

"喂！喂！走慢一点，这样横冲直撞真的很危险啊！"

今天在校门口负责维持秩序的纪律委员，是直尺小子和量角器弟弟。他们手牵手站成一条直线，引导顽皮的不锈钢剪刀小子和美工刀人先放慢步伐，再一起走进教室。

还有"在一起"班的同学们，早就相约要一起走路上学。只见帅气的三秒胶哥哥和美美的胶棒小美女身姿挺拔地走在前面，而圆圆的透明胶带弟弟和双面胶带妹妹，也跟着一前一后"滚"进校门。

这时,门口突然传来哇哇大哭声:"不要,我不要上学!"

原来是今年刚上一年级的新生——胶水弟弟,**一把鼻涕一把眼泪**地"黏"在地上,不管胶水妈妈怎么拉,他都不肯往前走。

书包校长连忙走过去,掏出折得四四方方的手帕,一边帮胶水弟弟擦去泪水,一边安慰他:"别哭,别哭!"

胶水妈妈感激地跟书包校长说:"谢谢校长,

以后要麻烦您多教导我们家胶水弟弟。"说着，胶水妈妈滴滴答答地流下了"汗水"。

"您放心，我们创意魔校，本来就是让文具精灵们发挥特长，大展身手的天堂啊！"书包校长很自信地用力点头。

"丁零零——"上课铃声**响彻云霄**，所有文具精灵都准时到达学校，没有一个人迟到。大家兴奋地在操场集合，心情都很不错。

"各位精灵同学，大家早！"书包校长拿起麦克风，笔直地站在升旗台上，为创意魔法学校最特别的开学典礼揭开序幕。

"校——长——早！"所有同学都拿出自己班的班旗卖力挥舞着。放眼望去，操场上一片五颜六色的旗海，好不热闹！

只见"笔一笔"班由个子最高的水彩笔刷哥哥掌旗，后面一排是铅笔、圆珠笔、自动铅笔和

钢笔，再后面一排则站着蜡笔、记号笔、彩色笔，还有毛笔，大家都像士兵一样站得笔直，整齐划一地向书包校长敬礼。

"爱整洁"班则是由修正液同学领队，他和橡皮擦女孩、修正带同学一起大声喊出口号："知错能改，我帮你改！"还顺便把"笔一笔"班留在地上的那些歪七扭八的"笔迹"擦干净。

大家公认最顽皮的"分得开"班也不甘示弱，只见不锈钢剪刀小子张开锐利的剪刀手，不断向四周挥舞着，美工刀人和雕刻刀人也跟着比划，无数"刀光剑影"吓得后排的"轻飘飘"班同学不约而同地往后倒退了好几步。

还好"轻飘飘"班上的"三巨头"，也就是图画纸大哥、厚纸板姐姐和书皮纸同学，勇敢地展开自己的大外套，来保护体型弱小的彩纸妹妹，连笔记本人也来帮忙挡在彩色纸伙伴们前面。他们都很怕自己柔弱的身体因为"分得开"班同学的"**手舞足蹈**"而不小心受伤。

排在后面的"在一起"班同样士气高昂。订书机小子正在和三秒胶哥哥讲悄悄话，而一旁的回形针人不断来回弯腰热身，**迫不及待**地想要大展舞技。

"守规矩"班的直尺小子、量角器弟弟和圆规妹妹就乖多了，他们都"向中看齐"排好队，等待校长的最后指令。

"咳！咳！"书包校长清了清嗓子说，"各位文具精灵同学，我现在宣布：创意魔校开学派对……正式开始！"

"耶！"文具精灵一阵欢呼，全都挤到操场中间，雀跃不已。

"剪刀石头布布布，文具创意酷酷酷……"，书包校长虽然年纪大了，仍然精神抖擞地唱起流行的饶舌歌，身体也跟着节奏左右扭动，连背带都卷成了一条麻花，差点跌了个四脚朝天。

帅气的铅笔盒老师，拉着美丽的字典老师到操场中间开始跳舞。铅笔盒老师笑得连盖子都合不拢了，一不小心就让里面的铅笔娃娃、橡皮娃娃和直尺娃娃一股脑儿掉了出来！

一旁的字典老师显得有点害羞，她只愿意打开她的"封面"，让大家看到第一页的部首检字表，然后就躲到升旗台后面去了。

接着是长尾夹妹妹和她的同学们上场，他们手牵手轻快地跳着最流行的"女神夹夹"舞。站在后面的是五颜六色的安全图钉人组成的队伍，这些身手利落的表演者在升旗台前快速摆出"创意我最棒"五个字，马上博得满堂彩。

还有小小班的水彩颜料宝宝，开心地你挤我、我挤你，把自己"挤"在调色盘姐姐的脸上，让水彩笔刷哥哥在他们头上轻轻一刷,创意魔校的上空就出现了一道绚丽的彩虹。

"哇!这是传说中的七彩魔术耶!"

连刚才哭哭啼啼的胶水弟弟也收起泪水,开始跟着学长学姐们又唱又跳,还不小心和隔壁班的彩纸妹妹黏在一起,怎么分都分不开,害得同

学们笑成一团。

就这样，创意魔校的开学派对从早上一直狂欢到太阳下山，连书包校长都累得挂在校门上，他一边休息，一边问着大家："各位同学，明天就要正式上课了，你们准备好了吗？"

文具精灵们异口同声地回答，音量大到连遥远的外太空都听得见他们的声音："这学期就看我们大展身手啰！"

2 木头铅笔小子、橡皮擦女孩和卷笔刀人的"三角习题"

活力四射的开学派对刚告一段落,总是满肚子妙主意的书包校长,决定马上为文具精灵们举办各项"文具魔法大赛",他想要检验一下同学们在假期中有没有认真复习上学期学过的魔法。

"哇,真的好期待!"

文具精灵们都加紧准备,他们纷纷利用下课和放学时间,不停地练习自己的拿手魔法,好带给书包校长更多惊喜。

"文具魔法大赛"中第一个环节,也是所有"笔一笔"班同学最期待的——"超级美字王大赛"。去年勇夺冠军,今年还想再次卫冕的木头铅笔小子,早就开始摩拳擦掌,希望能够顺利地再次获得冠军。

每天放学铃声一响,木头铅笔小子就会立刻跑到隔壁的"爱整洁"班找橡皮擦女孩,一起回家练字。

"橡皮擦女孩,我们快点回家练习!"这天,木头铅笔小子又站在教室门口喊着。话音刚落,一身细皮嫩肉,走路总是蹦蹦跳跳的橡皮擦女孩"咚咚咚"地边跑边跳了出来。

木头铅笔小子和橡皮擦女孩从小青梅竹马,两人总是形影不离。木头铅笔小子头上没有配备橡皮擦,不像自动铅笔同学和免削铅笔同学,他们生来头上就长了一块小橡皮擦,所以每当木头铅笔小子一写错字,就只能靠橡皮擦女孩这位好朋友,帮他把写错或写丑的字一一擦干净。

橡皮擦女孩看到木头铅笔小子一个人来找她,心中满是问号:"咦?今天你不找卷笔刀人一起练习吗?"

原来"分得开"班身手最利落的卷笔刀人,也是木头铅笔小子的好朋友,他只要三两下,就可以把木头铅笔小子那钝钝的笔头削得尖尖的,这样才能写出又工整又漂亮的好字。

"你说卷笔刀人?我们……我们吵架了。"木头铅笔小子红着脸,有点不好意思地说。

"怎么了?你不是刚去找卷笔刀人,让他帮你把笔削得尖一点吗?"橡皮擦女孩紧张地问,"明天就要参加'超级美字王大赛',少了卷笔刀人的帮忙怎么行?"

木头铅笔小子一脸委屈地说:"唉……卷笔刀人不知怎么搞的,给我削笔头的时候一下子用力把我转过来,一下子又使劲把我转回去,削得我的头好晕好晕,而且他根本没把我削尖!"

"可是,卷笔刀人一向忠厚老实,又热心助人

啊!我想,这中间一定有什么误会吧?"心地善良的橡皮擦女孩一边摇晃着身体,一边猜想着。

"哼!才不是这样呢!我不过抱怨两句,卷笔刀人就拉长了脸,转头跑掉了!"木头铅笔小子越说越生气。

橡皮擦女孩体贴地拍拍木头铅笔小子的肩膀:"原来如此!没关系,我会陪你去比赛的,也许等明天卷笔刀人的气消了,他就会自动出现了。"

"嗯,我们赶快回家练习,做比赛前的最后冲刺吧!"于是两人手牵手往校门方向走去,完全没注意到走廊远处,有一个四四方方的身影。

"哼!木头铅笔小子是小心眼、讨厌鬼!就让橡皮擦女孩陪你去参加超级美字王大赛好了,我才不要陪你去呢!"

原来,那个身影就是木头铅笔小子口中,把

他转得头昏脑涨的卷笔刀人。

没错！木头铅笔小子刚才跟橡皮擦女孩的一番对话，卷笔刀人全都听到了。他气得在原地跺脚，一不小心把肚子里的黑色笔芯屑掉了满地。

其实，卷笔刀人真的很想跟木头铅笔小子解释清楚，只是一心急着准备比赛的木头铅笔小子，根本不愿意听他的解释。

卷笔刀人一直把木头铅笔小子当作最要好的朋友,毕竟他最厉害的魔法,就是帮忙把铅笔削尖。如果失去了木头铅笔小子这个好朋友,他不知道自己还能做什么。

"唉,算了!"

太阳公公已经准备要下山了。卷笔刀人站在夕阳下,心里又生气又伤心。他拖着疲惫的步伐,

独自在操场上慢慢走着，绕了一圈又一圈……

回到家的木头铅笔小子和橡皮擦女孩互相配合，不断地在写字本上练习，竟然累到趴在书桌上睡着了，直到第二天太阳公公爬上山时，才惊醒过来。两个人匆匆忙忙吃完早餐，立刻用百米冲刺的速度冲进学校门口。

"当——当——当——当！"好险好险！早自习结束的铃声才刚响起，超级美字王大赛等会儿就要在"文具图书馆"里最著名的"魔法阅览室"开始了。

所有的参赛同学都已经提前进入赛场就位，木头铅笔小子看看四周，发现圆珠笔同学和毛笔同学非常紧张，因为他们俩最怕的就是"一失足成千古恨"——如果写错了字，墨水沾上纸张可没办法再改，所以他们必须更小心谨慎地写好每一笔每一画。

而可以换笔芯的自动铅笔同学，还有肚子里有着一长串笔芯"大排长龙"的免削铅笔同学，就比较 **老神在在**，他们轻松地摇着笔杆，等待着比赛开始。

本来一脸镇定的上届冠军木头铅笔小子，看到其他参赛者都这么认真，也觉得自己的"铅笔芯"仿佛开始冒汗了。

比赛的预备铃声终于响起，今天的评审——铅笔盒老师走上讲台：

"各位参赛的同学，距离比赛开始还有十五分钟，大家可以做最后的检查，看看自己的笔芯尖不尖，会不会断水？有没有忘了带墨条、砚台当小帮手？还有时间可以准备喔！"

"笔芯尖不尖？啊，糟了！"

木头铅笔小子突然大喊一声，他摸了摸自己的头，昨天一整晚都在练习，他竟然忘了自己的笔尖都钝了。

慌成一团的木头铅笔小子和橡皮擦女孩,马上火速冲到"分得开"班,想找卷笔刀人帮自己把笔芯削尖,可是不锈钢剪刀小子却告诉他们,卷笔刀人今天请假,根本没来上课。

"请假?卷笔刀人一向都是全勤模范生,从没请过假啊!"他们只好失望地走回魔法阅览室,因为比赛马上就要开始了。

无精打采的木头铅笔小子心想:如果少了卷笔刀人"拔刀相助",就算有橡皮擦女孩帮忙擦掉错字,笔尖钝钝的他,还是很难写出漂亮的字,更别提想要蝉联超级美字王大赛的冠军了。

"唉!都是我不好,我不应该跟卷笔刀人吵架的……"木头铅笔小子懊悔地摸摸自己已经钝掉的笔尖,橡皮擦女孩也不知所措地站在一旁。

"木头铅笔小子、橡皮擦女孩,怎么了?"开

朗的铅笔盒老师不知什么时候走了过来,他扶了扶眼镜,似乎要告诉他们些什么。

木头铅笔小子抓抓头,皱着眉,忍不住把昨天和卷笔刀人发生的不愉快,一五一十全告诉了铅笔盒老师。

铅笔盒老师听完,往自己肚子上一拍,"啪"的一声,铅笔盒盖一打开,里面居然蹦出了一个四四方方的小东西。

"哇！是卷笔刀人！你怎么躲在老师肚子里？"木头铅笔小子和橡皮擦女孩，还有旁边参赛的同学们，发出了一阵惊呼。

"没错……是我！"卷笔刀人从地上爬起来，不好意思地挠了挠头。

"哈哈！"铅笔盒老师露出神秘的微笑，对大家说，"昨天放学之后，我看见卷笔刀人绕着操场走了好久，看起来好像很难过，一问之下我才知道，原来是木头铅笔小子误会了他。"

铅笔盒老师接着把事情的原由娓娓道来："昨天卷笔刀人的身体不太舒服，他的刀片又钝了，来不及换新的，所以才没办法把你削得又尖又好写啊！"

"对对对，就是这样！"憨厚老实的卷笔刀人频频点头。

木头铅笔小子这才知道自己误会了好朋友，

他小声地问卷笔刀人:"对不起,都是我的错。但是,当时你为什么不跟我说呢?"

没想到卷笔刀人突然激动了起来,声音一下子拉高八度:"因为你一心只想着准备比赛,而且……你好像只需要橡皮擦女孩帮你擦掉丑字就好,不需要我这个朋友了啊!"

一旁的铅笔盒老师语重心长地说:"我说各位精灵同学,每个人都需要很多朋友,有的朋友会指正你的错误……"

橡皮擦女孩高兴地举手跳起来:"是我!我能帮木头铅笔小子改掉错字和丑字。"

"有的朋友能陪你一起'磨练',勇敢接受挑战!"铅笔盒老师看了看卷笔刀人。

卷笔刀人也看了看木头铅笔小子:"我愿意陪木头铅笔小子继续接受挑战!"

木头铅笔小子这才明白,原来橡皮擦女孩和

卷笔刀人，一直默默守候在自己身边呢！他开心地说："没错，我没办法一个人完成超级美字王大赛，因为书包校长说过：'三人行必有我师'啊！"

橡皮擦女孩突然想起木头铅笔小子最贪吃："可是你最常说的是：'三明治只有我吃'吧？"

所有人都哈哈大笑。木头铅笔小子、橡皮擦女孩和卷笔刀人拥抱在一起，异口同声地说："我们要学《三国演义》里刘、关、张桃园三结义那样，组成一个缺一不可的团体——'文具精灵三结义'！"

只见木头铅笔小子一头钻进刚换上新刀片的卷笔刀人怀中，顺时针转了七八圈，马上就恢复了"尖头人"的绅士模样，而橡皮擦女孩也用最快的速度，擦掉卷笔刀人掉在地上的黑色笔芯屑。

"木头铅笔小子今天好帅喔！"所有同学都拍手叫好。

超级美字王大赛终于开始了。铅笔盒老师在黑板上写下今天比赛的题目,而橡皮擦女孩和卷笔刀人也帮木头铅笔小子顺利完成了比赛。

那么,最后到底是谁夺得了超级美字王大赛的冠军呢?

其实比赛题目一揭晓,大概就知道谁一定会写得最棒了,因为就这么巧,比赛题目刚好是这八个字:"友情可贵,有你真好!"

圆规妹妹转个不停的舞蹈大赛

自从木头铅笔小子的笔芯被卷笔刀人削尖，让他再度蝉联"超级美字王大赛"的冠军之后，创意魔校的文具精灵们都兴致高涨，纷纷猜测下一次超级大赛，书包校长会出哪些难题让大家挑战呢？

星期五的最后一节体育课一结束，同学们就聚集在书包校长的办公室门外，想要偷听最新的比赛消息。

大家你推我，我挤你，害得走路老喜欢"**拐弯抹角**"的回形针人不小心摔了一跤，连安全图钉人也跌得满地打滚，痛得嗷嗷叫。

"嘿！大家安静！听我说，我觉得校长接下来要出的题目应该没那么简单！"木头铅笔小子大声提出他的看法。

刚和木头铅笔小子组成"文具三结义"组合的橡皮擦女孩和卷笔刀人,则在一旁拼命点头。现在木头铅笔小子可是全校同学心目中的偶像呢!

"没那么'剪'单?所以你是说,下一场比赛可能轮到我们剪刀上场啰?"不锈钢剪刀小子"咔嚓咔嚓"地磨着他锋利的剪刀手,其实他早就想在比赛中出风头了。

三秒胶哥哥也忍不住插话:"才不是呢,我猜是轮到我们'在一起'班占上风,比的是'团结力量大'的拔河比赛!"

大家你一言,我一语地猜测着,没人发现操场的一角,有个女生并没有加入大家七嘴八舌的热烈讨论,她只是认真地在原地独自练习转圈,而且一转就是十几二十圈,脸不红气不喘。她——就是圆规妹妹。

圆规妹妹是这学期才来到创意魔校的转学生，也是"守规矩"班的新同学。她原本居住在遥远的"怪古奇稀"市，因为想要学习更多的文具魔法，这学期才举家搬来"文具什么东东"村定居。

刚开学没几天，圆规妹妹还没交到新朋友，所以一到下课，她只能默默地躲在操场一角，练习自己最拿手的芭蕾舞。

圆规妹妹的脚一次又一次划过操场的沙地，地面上出现了一个又一个完美的圆圈。她一边跳着，一边抬头向校长室的方向望去。

这时圆规妈妈正在里面和书包校长聊天："我说校长啊，我们家圆规妹妹的个性比较文静，真的要让您多费心开导了！"

原来圆规妈妈今天特地来拜访书包校长，说明圆规妹妹的情况，希望能让她尽快适应新学校。

"呵！呵！没问题，包在我身上！我一定会让她早点融入这个大家庭的！"

圆规妈妈起身向校长道谢，看着圆规妈妈踮起脚尖，开心地转着圈圈，姿态优雅地离开，书包校长突然想到了一个好主意。

他若有所思了三又二分之一秒后，就"砰"地一声打开校长室的大门。所有挤在门前七嘴八舌的文具精灵们，全都吓了一大跳，大伙儿不约而同地向后退了一大步,赶紧大喊:"校长好!"

"大家好!其实我明白你们想知道什么,现在我正式宣布:创意魔校的第二场比赛是……"书包校长扯开喉咙大声喊出,"舞林盟主挑战赛!"

最新的比赛项目一揭晓,文具精灵们又开始议论纷纷:

"哇!原来第二场比赛是舞林盟主挑战赛,这个我不行啦!"每次施展魔法时都容易打结的透明胶带弟弟,先**打了退堂鼓**,蜷(quán)着身体骨碌骨碌地滚得老远。

"好可惜,我不会跳舞!我的舞步很笨拙,每次一跳舞就打结,乱成一团,常常要三天三夜才解得开呢!"原本兴致勃勃的橡皮筋人,生怕自己跳舞跳到全身"抽筋",所以也放弃了参赛。

就连木头铅笔小子、橡皮擦女孩和卷笔刀人也**面有难色**。虽然三个人都很想参加,但跳舞并

不是他们的强项,尤其是木头铅笔小子一向都只会一横一竖、一撇一捺的工整写字,这种需要"龙飞凤舞"的比赛,他实在做不来。

"嘘——大家小声点,那个'转圈圈'同学走过来了!"回形针人突然压低声音提醒大家。

不知何时,原来在操场边独自一人练习原地转圈的圆规妹妹,也悄悄来到校长室门前。她怯生生地开口说:"书包校长,我……我想参加比赛!"没想到声音如蚊子哼哼般微弱的圆规妹妹,居然主动报名"舞林盟主挑战赛"？

"哈哈哈，你要参加？"全校公认舞艺最好的长尾夹妹妹，觉得自己一定会 打遍天下无敌手，于是她信心满满地举起双手，用一百二十分贝的音量郑重地向大家宣布："那我也要参加！"

同学们七嘴八舌地议论纷纷。最后，全校只有圆规妹妹和长尾夹妹妹，报名了这次的"舞林盟主挑战赛"。

"哇！这次比赛一定精彩可期！长尾夹妹妹的'女神夹夹'舞，可是目前最流行的呢！"彩纸妹妹是长尾夹妹妹的超级粉丝，每次提到自己的偶像，她就会自动折成一颗七彩

"爱心"。

"对啊!长尾夹妹妹一定可以轻轻松松夺得冠军!"图画纸大哥也非常看好长尾夹妹妹的绝妙舞技,用力拍起手来。

"就是嘛!这位新来的圆规妹妹同学,从头到尾只会画个'O'字而已,"便利贴小子跟着<u>没头没脑</u>地瞎说:"何况 O 代表……0 分耶!"

"文具精灵三结义"不约而同地转头去看圆规妹妹,只见她涨红了脸,转着圈子跑开了,他们三人连忙追上去安慰她。

"呜——我就知道大家会这么说的。没错!我只会转圈圈而已,我是 0 分。"停下脚步的圆规妹妹,眼泪像坏掉的水龙头一样流个不停。

好心的橡皮擦女孩,让圆规妹妹靠在自己的肩膀上,而原本站得好好的卷笔刀人,突然在原地笨拙地转圈圈,一不小心跌了好大一跤,木头铅笔小子赶紧伸手把他拉起来。

"你瞧,你还会画圈圈,我却什么都不会跳!"原来好心的卷笔刀人故意让自己出糗,好让圆规妹妹不要这么伤心。

橡皮擦女孩也帮圆规妹妹打气:"对啊!我记得字典老师常说,别管别人讲什么,只要努力去做就对了!"

"呵呵!"圆规妹妹擦了擦眼泪,总算破涕为笑。

"谢谢你们!有了大家的鼓励,我一定会全力以赴的!"

距离比赛还有一星期。向来不服输的长尾夹妹妹,一放学就不断练习拿手的"女神夹夹"舞;而最爱跳芭蕾舞的圆规妹妹,每天不练习转个两百圈,也绝不休息。

紧张的决战气氛就这样持续到比赛当天。一大早,所有文具精灵就围在操场边,准备欣赏这场轰动"舞"林，由长尾夹妹妹对战圆规妹妹的超级大赛。

这次比赛除了书包校长外，还有创意魔校最帅的铅笔盒老师和最美丽的字典老师担任评审。而分别支持长尾夹妹妹和圆规妹妹的精灵同学们，也自然而然地分成两队人马，随着快节奏的桑巴音乐摇旗呐喊，准备欣赏这难得一见的"舞林盟主挑战赛"。

"加油！"依据最后抽签的顺序，由长尾夹妹妹先上台表演，圆规妹妹随后登场。

担任音乐DJ的平板电脑同学，按下自己肚脐上的play键，开始播放长尾夹妹妹今天的自选曲目：

"夹夹，呜啦啦，夹夹，呜啦啦！"

只见长尾夹妹妹轻盈地拍着"夹夹"手，在场地中央曼妙地跳起"女神夹夹舞"，连"在一起"班的胶棒小美女和胶水弟弟，也**不由自主**地随着

长尾夹妹妹的舞步跳了起来。

"来,跟我一起拍手!"长尾夹妹妹像花蝴蝶般满场飞,一会跃到空中旋转,一会又趴在地上表演劈腿,精湛的舞技令人目不暇接。

最后,长尾夹妹妹以一个"后空翻"再"原地静止单手倒立"的高难度姿势完成了比赛,全场顿时响起了热烈的掌声。

接下来,轮到圆规妹妹出场了。

"Mi——LaSiDoReMi——DoMi——"芭蕾舞名剧《天鹅湖》的音乐响起,圆规妹妹站在场地中间像平常那样原地转圈圈。

"哎哟,又是转圈圈,太老套了!"便利贴小子忍不住嘟囔着。

"天啊!不妙,这样很难赢呢!"木头铅笔小子和橡皮擦女孩都不禁为圆规妹妹捏了一把冷汗。

没想到,圆规妹妹依然站得笔直地在圆心踮

起左脚,可是这次不一样的是,她的右脚开始向外跨出,画完一个圈,再向外多跨一步,再多画一圈,然后再多跨一步,再多画一圈……

"哇,好漂亮!"观众们忍不住发出赞叹声。随着圆规妹妹的步伐,往外画圈的速度越来越快,地上的图形仿佛涟漪般往四周扩散,顿时出现了一圈比一圈大的同心圆。

圆规妹妹的梦幻舞姿,让木头铅笔小子也忍不住移动步伐,他走到场地中央站得笔直,转完最后一圈差点失去重心的圆规妹妹,刚好可以把手搭在他的肩上,保住了平衡。

全场马上响起了一阵雷鸣般的掌声。

这场"舞星级"的刺激对决终于结束。书包校长请出小时候也学过舞蹈的评审——字典老师上台点评。

字典老师把自己翻到夹着评分表的那一页。

她先赞美长尾夹妹妹的舞蹈："长尾夹妹妹的'女神夹夹'舞非常有创意，她运用自己文具魔法中的'夹夹'特质，把文具精灵活泼又富有动感的一面，在舞步里展露无遗，我们经过商议，一致决定给她满分 10 分！"

"耶！"长尾夹妹妹和"在一起"班的同学们，全都高兴地跳起来欢呼。

"接下来是圆规妹妹的芭蕾舞表演，"字典老师接着说，"圆规妹妹用象征'圆满'的'同心圆'，为自己的舞蹈'圆梦'，她不求华丽的舞步，却展现出'同心协力'的优雅风格，因此我们也给她 10 分。所以，这次的比赛是双冠军！"

"我竟然也是冠军？"圆规妹妹简直不敢相信自己的耳朵，她开心地和木头铅笔小子、橡皮擦女孩和卷笔刀人击掌庆祝。

"恭喜你！"经过这场激烈的竞争，长尾夹妹妹很有风度地走过来和圆规妹妹握手,祝贺她同样获得冠军。

这个出人意料的比赛结果,终于让圆规妹妹这位新同学,受到创意魔校所有文具精灵的欢迎。大家纷纷围着圆规妹妹,学她的样子转出一个个又大又圆的美丽圈圈。

最好笑的是书包校长,他在一旁看着大家"转"成一片,也不由自主地"自转"起来,转得他的背带又打了八个麻花结。

"谢谢你!"圆规妹妹感激地看着木头铅笔小子说,"好在最后有你,帮我一起完成了结束动作。"

木头铅笔小子一头雾水:"咦,我哪有帮什么忙啊?"

圆规妹妹害羞地说:"你的身材就像'1'字,站在我画出的'0'旁边,不就代表十全十美的'10'分吗?"

"哈哈，你想象力好丰富哦！"木头铅笔小子**恍然大悟**，马上敏捷地在地上写了大大的"10"！于是"超级美字王"和"舞林盟主"这两位大赛冠军得主，就这样因"圆"结缘，变成了最有缘分的好朋友。

4 直尺小子最伟大的终极梦想

得了 10 分的满分,又受到文具精灵同学们的热烈欢迎,让刚获得"舞林盟主挑战赛"冠军的圆规妹妹信心满满,每天都开心地转着圈圈去上学。

尤其是新认识的"文具精灵三结义"这群好朋友,让她觉得上学真的好有趣。她心想:"原来身为文具精灵是这么新奇又开心的一件事啊!"

圆规妹妹站在操场旁,一边想一边笑,根本没注意到后面有位同学,像一阵风似地向她撞来——

"咚!"好大一声,圆规妹妹和正在练习跑步的直尺小子居然撞个正着,还把一旁在打扫卫生的修正液同学吓得跳了起来,连头上的盖子都掉在地上,"骨碌骨碌"地滚了好几圈才停下来。

"痛痛痛!"跌坐在地上的圆规妹妹被直尺小子用力一撞,不仅仅 眼冒金星,连木星、水星、火星、土星,还有一堆"一闪一闪亮晶晶"的星星都在眼前闪啊闪的。

"啊!对不起,我不是故意的。"直尺小子自己也差点儿摔了个大跟斗,他连忙把圆规妹妹扶

到操场边的"聊天树"下休息。

圆规妹妹本来被撞得一肚子气,一看对方是"守规矩"班的同班同学直尺小子,满满一肚子"气"像是打开瓶盖又来不及喝的汽水里的气一般,消了一大半。

"圆规妹妹,你没有受伤吧?要不要去校医室?"直尺小子知道自己差点闯了祸,柔软却有弹性的身体紧张地摇来晃去。

"好在舞林盟主挑战赛已经结束了。"圆规妹妹蹲下身去揉自己的脚尖儿,"如果我是在比赛前被你撞伤,也许就拿不到冠军了,而且说不定以后也当不成真正一流的舞蹈家了!"

直尺小子一脸羡慕地说:"放心,你一定可以成为舞蹈家的!圆规妹妹,你的圆心舞跳得真好!真希望我也可以跟你一样,完成自己的梦想!"

莽撞冒失的直尺小子,因为这一"撞",竟然和圆规妹妹在聊天树下打开了话匣子，继续聊起天来。

"那……你的梦想是什么呢？"圆规妹妹好奇地问。

"我……我不好意思说。"直尺小子欲言又止。

"不好意思？"原本文文静静的圆规妹妹，得到舞林盟主冠军后仿佛脱胎换骨，她突然站起来，双手握拳，对着直尺小子大喊，"我说直尺小子，如果有梦想你就要大声说出来呀！你不知道现在全世界最流行的就是'热血'这两个字吗？"

"'热血'？我只听过流鼻血！我每次吃太多荔枝就会流好多鼻血，这算是有'热血'吗？"直尺小子一脸认真地问。

圆规妹妹笑了出来："别闹了，那是因为吃东西上火啦！我说的是拼尽全力去完成你真正想做的事，就是'热血'！"

"原来如此！那我的热血梦想是……有一天能登上世界第一高的珠穆朗玛峰！"直尺小子终于大胆地说出了他的梦想宣言。

"好棒！"圆规妹妹赞叹地说。

"可是，我只是一把短短的直尺，身高只有十五厘米，想要爬上八千八百四十八米的珠穆朗玛峰，简直比登天还难！我算过，我至少要走五万八千九百八十七步才到得了顶峰，而且这还只是珠穆朗玛峰的垂直高度，上山的路弯弯曲曲，说不定我得走十万步……不，可能要走一百万步才到得了！"

原来直尺小子的算术能力这么厉害。不过此时，他一想到实现梦想的路困难重重，又开始有点儿泄气了。

这时，突然有个声音从他们身后冒出来："字典

老师不是常说,大家要'百尺竿头,更进一步'吗?"

木头铅笔小子突然从聊天树后跳了出来,把直尺小子和圆规妹妹吓了一跳。

木头铅笔小子连忙道歉:"对不起!刚才我路过这里,听见你们在谈'梦想',所以就忍不住来插一嘴了!"

于是,三个人在聊天树下,一直聊到上课铃声响起还意犹未尽呢!

等到大家都回教室上课了,聊天树上突然钻出一个熟悉的身影,吃力地从巨大的树干上爬下来。

"呼呼呼,好累好累!"原来是一分钟都闲不住的书包校长,他在大家上早自习时爬到树上,想要多摘几片叶子让同学们制作环保书签,却万万没想到竟然把自己倒挂在半空中,一两个钟头都下不来。

倒挂在树上的书包校长恰好听到了直尺小子

想要"攀上世界最高峰"的热血梦想，于是他又开始喃喃自语：

"我决定了！这学期文具魔法大赛最后一项比赛，就是'我的未来不是梦'演讲比赛！"

演讲比赛的消息很快就传遍全校，各班都在放学前召开临时班会，火速决定参赛人选。

最后，"分得开"班派出安全剪刀男孩，"爱整洁"班则派出黑板擦学长，"在一起"班派出的是白色树脂女孩，"轻飘飘"班则由包装纸姑娘参赛，而"守规矩"班呢？他们不负众望地派出了最"满腔热血"的直尺小子参加比赛。

演讲比赛这天，书包校长让参赛者站在高高的升旗台上，对着全校同学演讲，来考验大家的勇气和水平。

"怎么办？我好紧张！"直尺小子胸前挂着刚刚抽到的"5"号牌，他是最后一位上台的选手。

大家纷纷来帮直尺小子加油打气。

"不要紧张,把你心里的梦想说出来,你一定可以办到!"圆规妹妹和木头铅笔小子异口同声地说。

这时,圆规妹妹又补了一句:"还有,别忘了梦想是靠热血!流鼻血可是没用的哦!"

"哈!你敢笑我!"直尺小子听了圆规妹妹的话,原本整个十五厘米的身体都紧张到僵硬的他,

顿时放松柔软了不少。

比赛正式开始。抽到"1"号牌的安全剪刀男孩，**慢条斯理**地走上台，用他最斯文的语调说：

"我的梦想是……是做好一把剪刀，让使用我的人都很'安全'，不会不小心剪到手。"

接下来是抽到"2"号牌的黑板擦学长，他很有自信地站到台上，大胆说出梦想：

"我要成为这个世界上擦黑板擦得最干净的黑板擦，帮老师把全校的黑板都擦得干干净净，让大家看清楚黑板上的每一个字！"黑板擦学长拍着胸脯，向大家保证自己一定会做到。

接着，白色树脂女孩和包装纸姑娘也轮番上台说出了自己的梦想。最后，终于要轮到直尺小子上台了。

直尺小子看着台下黑压压的人群，全身不由自主地发抖，站在高高的升旗台上，他恍惚起来，仿佛看见面前有一座白雪皑皑的高山，那不就是世界第一峰，高达八千八百四十八米的珠穆朗玛峰吗？

直尺小子回过神儿来，深吸一口气，开始了今天的演讲："平时，老师训练我在语文课要帮忙画破折号、书名号、专名号……到了数学课则要画等号，在答案下画线，有时要画出直线、三角形、四边形、梯形等各种多边形，还要量出各种物品的长宽高。"

直尺小子像念绕口令似的，讲出许许多多日常任务：

"地理课时，我要帮忙量出地图上两地之间的距离，在重要的内容下画线；自然课也要画出漂亮格子，完成实验纪录；音乐课时要帮忙画五线谱；体育课时要帮卷尺老师测量跑道长度；放学还要当纠察队员，让大家排成一行……"

直尺小子说了一大串儿后，叹了口气："原来我好忙哦！"

全场同学哄堂大笑，大家这才明白，为什么直尺小子天天都"横冲直撞"，讲话也常常"直来直去"，原来是因为他"寸土必争"，又珍惜"一寸光阴一寸金"的个性。

"但是，我绝不会因为很忙而忘记梦想。"直尺小子用力点点头，"我的梦想就是——用我十五厘米的身高，爬上世界第一高的珠穆朗玛峰！"

台下同学一片惊呼，没想到个头小小的直尺小子，居然有这么高远的雄心壮志，最爱拆台的便利贴小子吐槽说："这梦想太难了，你不太可能做到吧！"

木头铅笔小子看了便利贴小子一眼，握着拳说："天下没有不可能的事情！"

便利贴小子一听，赶快低下头不敢再插嘴。

直尺小子听到了木头铅笔小子的话,他慷慨激昂地继续说:"各位老师,各位同学,这句话请大家要记得画线哦!"

"哈哈哈!连演讲也要'画线'?"台下的文具精灵们刚刚被直尺小子的演讲感动得快要流泪,却又因为他"天外飞来一尺"的幽默,笑得肚子痛。

这场"笑中带泪",有"热血"又有"热泪"的演讲比赛,就在直尺小子梦想宣言中圆满结束了。

这时,书包校长缓缓走到台上,大家满心期待校长公布今天的冠军究竟是谁。

"大家都说得很精彩!"书包校长拿起麦克风说,"年轻时,我的梦想是当校长,而现在我的梦想,是永远在创意魔校当校长!"

所有文具精灵全都拍手欢呼,觉得书包校长真是风趣又幽默!

但是,书包校长突然又认真了起来:"其实梦想这件事,没有第一名和最后一名。"

大家愣了,都仔细聆听校长要说些什么。

"该不会又跟舞林盟主挑战赛一样,人人都是冠军了吧?"

书包校长仿佛猜到了大家的心思:"不是!这次的比赛没有第一名!"

包括直尺小子在内,所有的参赛同学都大吃一惊,"啊……"的一声叫出来,书包校长的想法真是永远让人猜不透啊!

"我认为,从梦想到实现,还有一段很长的路要走,到梦想完成时才能真正成为第一名。今天大家都讲得很好,可是因为梦想还没实现,所以都只能算是第二名。但是,只要你们持续努力,每个人都有机会成为第一名!"

"原来如此!"文具精灵们听懂了书包校长的**良苦用心**,纷纷点点头。

"不过,我们今天还是要颁发一个特别奖!"

书包校长拿着麦克风,大声地说:"得奖的人是——'守规矩'班的直尺小子同学!"

大家疯狂地拍手,而意外得到特别奖的直尺小子,更是兴奋地三步并作两步冲上台。

书包校长面带着微笑,把写着"我的未来不是梦"的奖状,颁给直尺小子。

直尺小子接过奖状,却还是一头雾水:"请问校长,为什么给我颁这个特别奖呢?"

书包校长向直尺小子做了个鬼脸:"你看,奖状上写了些什么?"

直尺小子仔细看了看,把奖状上的字念出来:"兹颁给直尺小子同学'劳苦功高'奖——请记得'万丈高楼平地起',要常常帮助同学和朋友'取长补短',在学校不要'道人长短',还有就算'雄心万丈',凡事也要'从长计议',千万不能'好

高骛远'，也不要'得寸进尺'。总之，'人家敬你一尺，你就还他一丈'，也要懂得'退一步，海阔天空'。"

台下的便利贴小子突然又冒出一句："今天中午的便当让我'垂涎三尺'，但是，想偷吃我便当的人，小心'举头三尺有神明'啊！"

满场的文具精灵都笑翻了，笑到大家都倒在地上打滚。直尺小子满意地向大家挥挥手，他心想：

"原来梦想看起来很远，可是勇敢说出来而且开始去做，它就会变得很近了！"

5 "分得开"班与"轻飘飘"班的"给你一个赞"辩论会

创意魔校**别出心裁**的文具魔法系列赛，终于在三场战况激烈，结果却又令人出乎意料的比赛后，暂时告一段落。但比赛在校园内掀起的热潮，却是有增无减。

因为……每位得奖人的人缘好到爆表，每天都有"粉丝"在追着得奖者们跑。

"签名！签名！"一到下课，包括"超级美字王大赛"冠军木头铅笔小子、"舞林盟主挑战赛"第一名长尾夹妹妹和圆规妹妹，还有"我的未来不是梦"演讲比赛特别奖得主直尺小子，都成了同学们崇拜的新偶像，大家抢着找他们签名合影。

校园里整天热闹非凡，只有"分得开"班的

不锈钢剪刀小子和美工刀人很不服气,躲在教室里一边吹着电风扇,一边说着"风凉话"。

"哼!如果我参加比赛,一定不会输给他们!"火爆的不锈钢剪刀小子早就"磨刀霍霍",想要赢得同学们的青睐。

美工刀人同样不甘示弱:"如果今天比的是谁可以在一分钟内'切开'最多的纸,我肯定会拿第一的!"

不锈钢剪刀小子气到两边刀锋都倏地迸出了光芒:"谁说的?如果是比谁能'剪'出最漂亮的

纸花,你还不见得可以赢过我呢!"

美工刀人也急得快要"一刀两断"了:"我才是'分得开'班正宗的 No.1!"

正在"双刀"即将展开"正面交锋"之际,卷笔刀人从教室外走了进来。

"危险,危险!哎呀,你们不要再吵了!"卷笔刀人好心地提醒他们:"就算你们再厉害,如果没有'轻飘飘'班的纸同学们一起合作,你们还不是英雄无用武之地!"

不锈钢剪刀小子和美工刀人这才恍然大悟:"对哦!就像……如果没有木头铅笔小子,你也是英雄无用武之地啊!"

卷笔刀人跳了起来,肚子里的铅笔屑不小心又掉了满地。"谁说的!除了木头铅笔小子这个最好的朋友之外,最近我也交到了许多新朋友。"他得意地说,"像彩色铅笔兄弟姐妹一家,还有素描铅笔家族,每个人都被我削得男的帅,女的美!"

这时,不锈钢剪刀小子突然"话锋"一转,**若有所思**地说:"你刚才说到'轻飘飘'班的纸同学们,我觉得最漂亮的就是彩纸妹妹了,她身上有好多漂亮的颜色。"

美工刀人听了大吃一惊:"什么!难道你喜欢彩纸妹妹?"

不锈钢剪刀小子难得露出一丝羞怯:"对……对啊!"

美工刀人也大方地说:"我也觉得彩纸妹妹很漂亮,我想跟她做好朋友。"

卷笔刀人早就笑得合不拢嘴:"呵呵,原来两位都是彩纸妹妹的忠实粉丝,那你们可以大方地邀她一起做作业啊!"

"好主意!"不锈钢剪刀小子和美工刀人**二话不说**,马上大步迈开"**飞刀腿**",头也不回地直奔"轻飘飘"班。

"轻飘飘"班的教室在三楼,彩纸妹妹正在走廊上和图画纸大哥,还有厚纸板姐姐一起聊天。

只听"咻"地一声,不锈钢剪刀小子和美工刀人像一阵风似地,突然"划"过他们面前,吓得三张纸都"飘"退三步,彩纸妹妹和她的彩纸伙伴们飘得到处都是。

惊魂未定的彩纸妹妹,赶忙把彩纸伙伴们一张张捡起来。

"同学,请你们把眼睛睁大一点儿好吗?"厚

纸板姐姐插着腰,没好气地向不锈钢剪刀小子和美工刀人抗议。

不锈钢剪刀小子和美工刀人气喘吁吁地问:"为什么?"

"你们没听过'刀子不长眼'吗?"图画纸大哥也怒气冲冲。

"请问你们来我们班做什么?"彩纸妹妹小声地问。

不锈钢剪刀小子反而有些不好意思:"我我我……是这样的,我是想邀请你一起做手工。"

美工刀人当然也**不甘落后**:"我也是,选我,选我!"

彩纸妹妹顿时羞得脸"红"一阵"紫"一阵的,图画纸大哥和厚纸板姐姐马上异口同声地回答:"你们休想!"

"为什么?"总是毛毛躁躁的不

锈钢剪刀小子想要追根问底。

"哼!你们'分得开'班的同学总是粗心又没耐心,每次美术课都把我们'剪'得好痛,'裁'得又不整齐,最后也不帮忙收拾,总是拍拍屁股就自顾自地下课了。"厚纸板姐姐毫不留情地批评。

美工刀人急着辩解:"才不是这样的呢!是你们'轻飘飘'班很容易大惊小怪,我都还没有开始'动刀',你们就哎哎直叫!"

没想到图画纸大哥也加入战局:"可是,上次

美术纸老师要大家剪出动物园最美丽的动物,你们居然把彩纸妹妹精心设计的'七彩孔雀开屏'帽子,剪成……"

彩纸妹妹摸摸头,她还记得那次的惨剧:"那次你们急着想要快点剪好,结果把我的帽子剪成……剪成缺了一角的半个大西瓜啦!"

"哈哈哈,半个大西瓜!"想到那幅情景,不锈钢剪刀小子笑得上气不接下气,"那天是因为圆规妹妹和直尺小子不在,少了他们两个,根本画不出漂亮的半圆形让我们照着剪啊!"

这时,字典老师刚好从旁边经过,看见"轻飘飘"班和"分得开"班吵得**不可开交**,决定把大家都叫进教室。

"孩子们,请稍安勿躁。不如这样,待会儿放学后我们到礼堂举办一场辩论会,听听看到底哪个班最厉害。"

"好!"不锈钢剪刀小子和美工刀人都觉得"伶牙俐齿"绝对是"分得开"班的强项。

"不过,这次的辩论会,不是要大家说自己的优点,而是要反过来,看谁能说出'对方'最多的优点,才能赢得胜利!"

字典老师展开美丽的笑容看着大家:"所以这场辩论会的主题就是:给你一个赞!"

"啊?"所有同学都愣住了:"怎么办?我平常只会说自己的优点。"

大家没想到字典老师会出此怪招,只好绞尽脑汁,努力地想出能赢得比赛的绝招。

放学后,这场"公说婆有理,婆说公有理"的"给你一个赞"辩论会,就在创意魔校的"大大大大"大礼堂举行了。

字典老师要两班各派出三名辩论者上台。"轻飘飘"班派出的正是彩纸妹妹、图画纸大哥和厚

纸板姐姐；而"分得开"班则派出不锈钢剪刀小子、美工刀人和卷笔刀人。

创意魔校所有的文具精灵全都留下来观战，"大大大大"大礼堂再大，也照样挤得水泄不通。

魔术贴同学和透明胶带弟弟，得努力"黏"到高一点的墙上，而书签男孩和书签女孩，他们必须手牵手一起挂在天花板上，才能看到台上双方交锋的精彩战况。

"现在我宣布：比赛开始！抽签结果由'分得开'班的不锈钢剪刀小子先上台，'轻飘飘'班的彩纸妹妹请准备。"字典老师说。

"我觉得……我觉得……"首先上台的不锈钢剪刀小子第一次参加辩论会，紧张得直冒冷汗，"我觉得纸同学们都很……很弱！"

"喂！不锈钢剪刀小子，你说什么！"坐在台下的书皮纸同学站起来大声抗议。

"哦！我差点儿忘了！"不锈钢剪刀小子回过神儿来，做了一个深呼吸，看着站在台上另一边的彩纸妹妹说："我的意思是，'轻飘飘'班的纸同学们看起来外表柔弱，其实内心坚韧无比，而且常常打扮得五颜六色，让创意魔法学校色彩缤纷，美极了。"

不锈钢剪刀小子鼓起勇气，说出好多赞美的话。

彩纸妹妹听到不锈钢剪刀小子在夸奖她，害羞得整张脸都红通通的。

"下面请彩纸妹妹发言！"

脸红红的彩纸妹妹，吞了一下口水："我……我也觉得'分得开'班的刀子同学们，遇到任何难题总是可以迎'刃'而解，而且大小事都游'刃'有余。"

不锈钢剪刀小子感到彩纸妹妹似乎在赞美自己，也难为情了起来。

"真奇怪，原来说出别人的优点，也没那么难嘛！"台下的文具精灵们交头接耳，连彩色笔人、蜡笔人和荧光笔人组成的"着色三剑客"，都不禁点头称是。

"接下来，我们请'分得开'班的美工刀人继续发言！"字典老师面露微笑，似乎很满意同学们的表现。

美工刀人听到刚才彩纸妹妹和不锈钢剪刀小子互相称赞，也大大方方地站了出来：

"我觉得纸同学们总是任劳任怨、牺牲奉献，不论是写作业还是做手工，都离不开他们，赞！"

彩纸妹妹开心地拍手叫好，而作业本同学听到美工刀人的夸赞，也神气地把本子一页页打开，秀出上面的漂亮成绩。

"那么，接下来我们请……"还没等到字典老师说完话，图画纸大哥就急着站起来，说出自己的心声：

"刀子同学们看起来都很锐利而且粗心大意，其实相处久了，才知道他们都是**刀子口、豆腐心**，也就是'说话不留情，其实心中带感情'啊！"

"哈哈！原来我们在别人眼中是这样的啊！""分得开"班的同学们全都不好意思地笑了起来。

卷笔刀人笑眯眯地站起来，发表最后的总结陈词："从古至今，纸同学们为我们把知识代代相传，写下来帮我们牢记，不会像电脑那样，一停电就什么都忘光光！"

最爱出风头的便利贴小子，突然飞快地跳到"大大大大"大礼堂后面的白墙上，拼出一个大大的"赞"字，也让大家连声称"赞"。

这时，"轻飘飘"班的最后一棒——厚纸板姐姐，大摇大摆地上台做出总结陈词：

"我认为刀子同学们最懂得'**工欲善其事，必先利其器**'的道理。只要其他文具精灵同学有需求，他们总是**义不容辞**，'拔刀'相助！"

"哇哦！"台下所有同学都不禁大声叫好，觉得这场辩论会实在太精彩了！

激烈的比赛终于结束，字典老师缓缓走到讲台中央说："今天的比赛，双方你来我往，努力说出对方的优点，表现都很出色！"

她看了看参赛双方同学和台下的听众继续说："这场辩论会，谁都没有输，因为你们都说得太棒了！"

全场顿时欢声雷动，大家也发现"赞美别人"和"肯定自己"其实都一样会令人好开心！

"最后，我要各送给两班同学一句话，作为今天辩论会的结尾。"字典老师翻开身上的书页，一字一句慢慢地说，"'轻飘飘'班的同学们，请记得保持身段柔软，勇敢接受挑战，你们的魔法才能千变万化。"

她继续说:"而'分得开'班的同学们,请记得把刀柄对着别人,让刀刃永远朝向自己,这样才能广结善缘。"

"谢谢字典老师的提醒!"文具精灵们都连连点头。而原本势不两立的"分得开"班和"轻飘飘"班的同学们,不知从什么时候开始"两班并作一班",早就不分彼此了!

6 文具精灵们最害怕的体检日

随着"轻飘飘"班和"分得开"班热闹非凡的"给你一个赞"辩论会结束后,创意魔法学校的气氛和以前大不一样,大家的感情变得更好,校园里经常会见到大家打成一片,玩得不亦乐乎。

"来,快点飞起来吧!"彩色笔人和花边剪刀女孩在操场中央,一起拉着被折成纸飞机的复印纸弟弟,一股脑儿地往前冲。

"咻——我真的学会飞翔了!"

原本其貌不扬的复印纸弟弟,身上被彩色笔人涂得五颜六色,又被花边剪刀女孩剪出漂亮尾翼。他迎着风快速升空,在创意魔法学校上空飞了一圈又一圈,变成了"纸飞机超人"。

这位"纸飞机超人"在天上打了一个滚儿,

再缓缓降落在高高的升旗台前,刚好打洞器小子和书皮纸同学在那儿玩猜拳,他俩说好输的人要被赢的人处罚。

书皮纸同学只会出大大的"布",而打洞器小子却猛出像洞洞一样圆的"石头",谁输谁赢一看便知。但是输掉的打孔器小子,反而在书皮纸同学身上,打出一个又一个洞。

"奇怪,不是说好输的人才要被处罚吗?怎么书皮纸同学被打成这样?"文具精灵们聚在一边七嘴八舌地讨论着。

"没关系,现在的我好像一件最流行的时装,我很满意!"书皮纸同学很喜欢自己的新造型,他开心地把操场当成T台,绕着跑道走秀,向大家展示自己的"洞洞装",连小小班的水彩颜料宝宝们,也全都跑出来看。

"咳！咳！年轻真好啊！"最近有点感冒的书包校长，看着精灵同学们活蹦乱跳的身影，站在校长室门口喃喃自语：

"想当年，我也是精力充沛的书包小伙儿啊！只是**岁月不饶人**，现在年纪大了，体力也大不如前啰！"

"**好汉不提当年勇**，叹气不如去游泳！"讲话最喜欢押韵的铅笔盒老师，不知何时悄悄站在了书包校长旁边。

原来，当年书包校长还在创意魔法学校当老师时，铅笔盒老师就是他的**得意门生**呢！

"校长，您以前不是常教导我们，要保持愉快的身心，才能执行各种艰难的文具魔法任务吗？"铅笔盒老师笑着说。

"对对对！但是现在的文具精灵比你们小时候顽皮多了，一会受伤，一会又生病，如果不爱惜健康的话，魔法学习生涯会变得很短暂的。"书包校长认真地说。

"不如……"铅笔盒老师**灵机一动**，"我们提前进行一年一度的'体检日'，来看看大家的'健康战斗值'怎么样好不好？"

书包校长一听，马上竖起大拇指，大喊："好主意！"

一向是"行动派"的铅笔盒老师，果然说到做到，他和书包校长商量之后，马上用广播告诉全校同学们这个消息。

"什么！体检日？"木头铅笔小子大叫。

"大家都要检查吗？"橡皮擦女孩大跳。

"要检查什么？"直尺小子又叫又跳。

"体检日……要检查身体吗？这下惨了，我们哥俩一定过不了关了！"修正液同学和修正带同学异口同声地说。

原来，昨天修正液同学没有盖好盖子，"着凉"了，冻得整夜都在鼻塞，所以今天连一滴修正液都挤不出来；而修正带同学上体育课时玩得太疯，不小心扭伤了筋骨，身上一整条修正带到现在都还卷成一团呢！

其他文具精灵们也担心得不知所措。彩色笔人的笔盖掉得到处都是，连笔头都干掉了；而调色盘大姐和水彩笔刷哥哥，也不小心把水洒得满地湿漉漉，害得字典老师经过时差点儿摔跤。

看到同学们都这么紧张，铅笔盒老师连忙安抚大家：

"各位同学别担心，老师特别请来'动动脑文具综合医院'的权威——放大镜医生，给大家做最有效的检查、诊断和建议！"

"哎呀，这有什么好怕的？"一向最勇敢的不锈钢剪刀小子说，"体检可以提前让我们知道身体哪里有状况，我记得不是有句话说：'留得青山在，不怕没柴烧'吗？"

"什么'没柴烧'？我可是木头做的，我最怕火了！"

不说还好，这一说吓得木头铅笔小子全身发抖，就连橡皮擦女孩也紧张起来："我最近头皮屑很多，这也可以请教放大镜医生吗？"

直尺小子哈哈大笑："那是因为木头铅笔小子最近常常写错字，害得你一直帮他擦，头皮屑当

然变多啦！"

"如果生病就要看医生，不要自己瞎猜。"铅笔盒老师点点头说，"大家知道吗？老师自己也要请放大镜医生检查一下。因为最近我的盒盖常常关不严，不知道是因为'肌肉疲劳'还是'骨质疏松'呢？"

体检日这天，书包校长亲自到校门口迎接放大镜医生。

"欢迎放大镜医生光临创意魔法学校，好久不见！每年都要麻烦您来帮我们做检查。"书包校长领着放大镜医生向校医室走去。

"对啊！上次帮同学们做检查，已经是去年的事啦！"圆脸的放大镜医生开朗地说。

校医室门外，文具精灵们早就排好队，交头接耳地谈论着，他们看见书包校长正陪着放大镜医生，大步朝校医室走来。

"哇！放大镜医生看起来好有精神，走起路来都带风！"本来很害怕体检的圆规妹妹，顿时安心不少。

"我想那是因为医生自己拥有健康的身体，对他的病人来说才更有说服力吧！"排在圆规妹妹后面的订书机小子，讲起话来总是"斩钉截铁"，但也常常"一针见血"。

"来来来，谁要第一个进来？"放大镜医生和气地对文具精灵们说。

排在队伍最前面的修正液同学，怯生生地走到放大镜医生面前："医生，我好像有点鼻塞……"

放大镜医生打开修正液同学的盖子，仔细看了看说：

"就像睡觉要盖被子才不会着凉一样，你以后要记得，使用完毕，头上的盖子一定要盖好，肚子里的修正液才不会干掉，或是塞住你的鼻子。

还好目前情况不严重,记得回去要请妈妈带你去看'耳鼻喉科'。"

下一位是修正带同学,他的问题也不大,放大镜医生花了点儿力气,把他"扭伤"的修正带调整回原状,让原本打结的修正带同学能顺利地使用"一路畅通"的"修正魔法"。

接下来,是一直手牵手的水彩笔刷哥哥和毛

笔同学，两人吓得一直在发抖。他们对放大镜医生说："我们……我们好像也感冒了！"

放大镜医生一眼就看出，他们一定是写完作业就急着冲到水龙头下洗澡，好把身上颜料洗干净，却忘了把像"头发"一样的笔毛吹干，所以他们不但一直打喷嚏，还发出阵阵发霉的臭味。

"大家要记住，只要是变魔法时会碰到水的文具，一定要把自己晾干或拿吹风机吹干，才不会感冒，也不会出现异味哦！"

放大镜医生很有耐心地拿了几粒棉球，帮水彩笔刷哥哥和毛笔同学吸干"头发"上的水分，再请他们到校医室外"晒太阳"。

个性急躁的不锈钢剪刀小子，还没等到放大镜医生叫他的名字，就迫不及待地走上前去。

"医生，我的'关节'咔咔直响，剪起来不太顺畅。"他指了指自己两只刀柄连结的地方，动起来果然不太灵活。

放大镜医生敲了敲不锈钢剪刀小子刀柄交接处的"关节",不疾不徐地拿出一瓶润滑机油,朝着不锈钢剪刀小子的酸痛部位滴了两三滴。

"好了!试着起来动一动。"

不锈钢剪刀小子试了一下,竟已恢复了矫健身手,他利落地挥舞着刀柄,像快乐的螃蟹一样轻松自如。

"谢谢放大镜医生!"不锈钢剪刀小子马上转身,"咔嚓咔嚓"想要找彩纸妹妹变出新的创意纸魔法,没想到却立刻被放大镜医生叫住:"不锈钢剪刀小子同学,你的伤刚好,要多休息才行!"

大家都点点头,觉得放大镜医生对大家的"痛处"真是了如指掌,非常贴心。

接着,放大镜医生传授给文具精灵们各种健康秘诀,比如:彩色笔人需要多补充墨水,以免"中暑"，没有彩色墨水可以画画；订书机小子要好好保养自己的订书钉牙齿，每天细心检查有没有东西"卡"在牙缝里，这样施展魔法时才不会咬不动纸张钉不牢；他也叮嘱卷笔刀人不要偷懒，要天天清理铅笔屑，不然肚子里塞的东西太多，就会"消化不良"，天天"肚子痛"。

放大镜医生还特别提醒"轻飘飘"班的纸同学们，喝水时记得不要打翻水瓶，也不要睡在潮湿的地方，要是弄湿了身体就不能施展魔法了。

"还有，各位纸同学，一定要和'档案夹'同学们做好朋友，他们能保护你们的'皮肤'永葆光滑细致，避免割伤和撕裂伤。"

爱漂亮的书皮纸同学和彩纸妹妹，看了不锈钢剪刀小子和美工刀人一眼，然后彼此会心一笑。

"那我们呢？"回形针人和安全图钉人一脸担心地问。

放大镜医生顽皮地眨眨眼:"你们也一样,不碰水就不会生锈得皮肤病,不过,其实我比较担心你们会戳到别人哦。"

大家讨论着自己的身体状况,原本让所有人吓得冷汗直流的体检,这时却像是菜市场一样,热闹得不得了!

"各位同学,今天的体检到此结束!"铅笔盒老师大声宣布:"我们请放大镜医生再跟大家说几句话。"

"爱惜重于修理,预防胜于治疗。大家的身体健康状况都不错!"放大镜医生睁大眼睛扫视着文具精灵们,像是在寻找谁。

"但是,我今天要特别表扬一位同学,请订书机小子出列!"

"我在这里,我在这里!"订书机小子听到放大镜医生叫自己的名字,马上飞快地跳出来。

"各位同学,你们学过'齿'这个字吗?"放大镜医生指着订书机小子的嘴巴:"订书机小子把自己的'订书钉牙齿'照顾得很好,不但晶晶亮亮又整整齐齐,没有藏污纳垢,他一定每天都有认真刷牙,所以我选他作今天的健康模范生!"

订书机小子开心得不得了。他马上张大嘴巴,

让大家瞧瞧自己漂亮的"订书钉牙齿"。

"我发现了!"木头铅笔小子突然大叫:"你们看,'齿'字长得就跟订书机小子一样,上面的'止'字是他的嘴唇,下面的'人'字就像是订书钉牙齿。"

"对哦,聪明!"书包校长和铅笔盒老师不约而同地拍拍自己的脑袋,觉得这些文具精灵们真是越来越天才了!

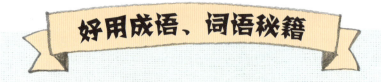

好用成语、词语秘籍

◆ <u>摩拳擦掌</u>　10 页
解释 | 形容战斗、竞技、劳动前十分振奋，跃跃欲试的样子。
本书用法 | 形容文具精灵满心期待开学的心情。

◆ <u>跃跃欲试</u>　10 页
解释 | 急切地想尝试一下。
本书用法 | 形容文具精灵急着练习魔法的心情。

◆ <u>一把鼻涕一把眼泪</u>　14 页
解释 | 形容哭得鼻涕、眼泪都流个不停。
本书用法 | 形容胶水弟弟哭泣不止的样子。

◆ <u>响彻云霄</u>　15 页
解释 | 形容声音响亮。
本书用法 | 描述创意魔校的上课铃声音很大。

◆ <u>不甘示弱</u>　17 页
解释 | 不愿表现得比别人差。
本书用法 | 形容"分得开"班不想输给"爱整洁"班的气势。

◆ <u>刀光剑影</u>　17 页
解释 | 形容械斗非常激烈，杀气腾腾的场面。
本书用法 | 形容美工刀人和雕刻刀人比划过招的情景。

◆ <u>不约而同</u>　17 页
解释 | 彼此并未事先约定，意见或行为却相同。
本书用法 | 形容"轻飘飘"班全体同学一起倒退好几步的默契。

◆ <u>手舞足蹈</u>　18 页
解释 | 手、脚舞动跳跃，因为兴奋而引起的动作。
本书用法 | 形容"分得开"班的活跃动作像跳舞一般。

◆ <u>迫不及待</u>　18 页
解释 | 比喻情况急迫，不能再等了。
本书用法 | 形容回形针人想要快点儿大展舞技的心情。

◆ <u>四脚朝天</u>　19 页
解释 | 手足向上、仰面跌倒的样子。
本书用法 | 形容书包校长差点儿跌倒的好笑模样。

◆ 博得满堂彩　19 页
解释｜得到全场所有人叫好喝彩。
本书用法｜形容舞会上所有精灵对安全图钉人排字成果的赞许。

◆ 青梅竹马　23 页
解释｜形容男孩与女孩天真无邪地结伴嬉戏，亦指从小相识的伴侣。
本书用法｜描述木头铅笔小子和橡皮擦女孩从小一起长大的亲密感情。

◆ 形影不离　23 页
解释｜形容关系亲密，无时无处不在一起。
本书用法｜描述木头铅笔小子和橡皮擦女孩常在一起玩。

◆ 一失足成千古恨　29 页
解释｜一旦犯错堕落便遗憾终身。
本书用法｜形容圆珠笔同学和毛笔同学一写错字就无法再修改的情况。

◆ 老神在在　30 页
解释｜由闽南方言演变的惯用语，比喻很有把握，一切情况尽在掌握。
本书用法｜形容自动铅笔同学和免削铅笔同学对比赛很有把握。

◆ 拔刀相助　31 页
解释｜见义勇为，出面替人打抱不平或出力帮助。
本书用法｜形容卷笔刀人用刀片帮木头铅笔小子把笔头削尖。

◆ 不知所措　31 页
解释｜形容非常惊慌，不知道怎样才好的样子。
本书用法｜描述橡皮擦女孩不知怎么帮忙木头铅笔小子的焦急心情。

◆ 一五一十　32 页
解释｜比喻事情从头至尾详细说明，没有遗漏。
本书用法｜描述木头铅笔小子把所有和卷刀人之间的不愉快，详细地告诉铅笔盒老师。

◆ 三人行必有我师　35 页
解释｜比喻每个人都有值得学习的地方，应选择别人好的一面学习。
本书用法｜描述木头铅笔小子领悟到需要朋友帮忙。

◆ 异口同声　35 页
解释｜不同人却都说出同样的话，形容众口一词，看法或意见相同。
本书用法｜指"文具精灵三结义"一起回答。

◆ **拐弯抹角** 38页
解释｜比喻说话或做事不直率。
本书用法｜形容回形针人走路时迂回扭曲的样子。

◆ **七嘴八舌** 39页
解释｜形容人多嘴杂，议论纷纷。
本书用法｜描述文具精灵们猜测下一场比赛内容的嘈杂情景。

◆ **脸不红气不喘** 39页
解释｜形容很简单，毫不费力。
本书用法｜描述圆规妹妹不断转圈的轻松模样。

◆ **打退堂鼓** 42页
解释｜比喻放弃，半途而废。
本书用法｜描述透明胶带弟弟放弃参加比赛的心理活动。

◆ **面有难色** 42页
解释｜脸上表现出为难的神情。
本书用法｜形容"文具精灵三结义"无奈放弃参加比赛的表情。

◆ **龙飞凤舞** 43页
解释｜形容写字笔势生动活泼。
本书用法｜形容舞林盟主挑战赛的一种舞姿。

◆ **打遍天下无敌手** 44页
解释｜实力强大，参加什么比赛都会得到胜利。
本书用法｜形容长尾夹妹妹对比赛取胜的自信。

◆ **没头没脑** 45页
解释｜说话不经思考，没有来由也莫名其妙。
本书用法｜描述便利贴小子乱讲话。

◆ **破涕为笑** 46页
解释｜停止哭泣，展开笑容。比喻转悲为喜。
本书用法｜描述圆规妹妹受到鼓励后停止哭泣。

◆ **不由自主** 47页
解释｜不能自制，由不得自己。
本书用法｜指胶棒小美女和胶水弟弟自然地随着音乐跳舞。

◆ <u>目不暇接</u>　49 页
解释 | 形容眼前美好事物太多，或景物变化太快，眼睛来不及观看。
本书用法 | 形容长尾夹妹妹精湛的舞技让人惊叹。

◆ <u>一头雾水</u>　52 页
解释 | 比喻脑中一片朦胧，不清楚。
本书用法 | 指木头铅笔小子不懂圆规妹妹为何要向他道谢的情况。

◆ <u>十全十美</u>　52 页
解释 | 比喻圆满美好的境界。
本书用法 | 描述圆规妹妹认为比赛结果很完美。

◆ <u>恍然大悟</u>　53 页
解释 | 心里忽然明白。
本书用法 | 形容木头铅笔小子突然听懂圆规妹妹的感想。

◆ <u>眼冒金星</u>　55 页
解释 | 形容头昏造成眼花缭乱。
本书用法 | 描述圆规妹妹被直尺小子撞到后的痛苦反应。

◆ <u>一肚子气</u>　56 页
解释 | 形容非常生气。
本书用法 | 表示圆规妹妹因为被撞到而很不开心。

◆ <u>打开话匣子</u>　57 页
解释 | 开始聊天。
本书用法 | 形容直尺小子和圆规妹妹开始展开话题。

◆ <u>欲言又止</u>　57 页
解释 | 吞吞吐吐，想说却又不说。
本书用法 | 形容直尺小子想说却又不好意思说出自己的梦想的样子。

◆ <u>脱胎换骨</u>　57 页
解释 | 比喻彻底改变。
本书用法 | 形容圆规妹妹比赛后变得很热血的心情转变。

◆ <u>比登天还难</u>　59 页
解释 | 比登天还要难完成的事情，用作夸张的修饰方法，比喻事情要达成非常困难。
本书用法 | 描述直尺小子觉得自己不可能完成梦想。

♦ <u>百尺竿头，更进一步</u>　60 页
解释 | 虽然已经达到很高的境地，但不能满足，还要进一步努力。
本书用法 | 木头铅笔小子用这句话鼓励直尺小子。

♦ <u>意犹未尽</u>　60 页
解释 | 兴致、意趣尚未满足。
本书用法 | 描述木头铅笔小子、直尺小子和圆规妹妹聊得很开心，即使到了上课时间还想再聊下去。

♦ <u>不负众望</u>　61 页
解释 | 不辜负大家的期待。
本书用法 | 指"守规矩"班都一致希望派直尺小子为比赛代表。

♦ <u>满腔热血</u>　61 页
解释 | 比喻很有热忱。
本书用法 | 形容直尺小子对梦想充满了热情。

♦ <u>慢条斯理</u>　63 页
解释 | 从容不迫的样子。
本书用法 | 形容安全剪刀男孩上台演讲的举止态度很斯文。

♦ <u>白雪皑皑</u>　64 页
解释 | 形容雪花洁白的样子。
本书用法 | 用来形容珠穆朗玛峰常被白雪覆盖的景色。

♦ <u>直来直去</u>　65 页
解释 | 形容为人坦率不做作，想做什么就做什么。
本书用法 | 描述直尺小子的直率，个性和外在一致。

♦ <u>寸土必争</u>　65 页
解释 | 一点土地也不让敌方侵占。
本书用法 | 描述直尺小子的认真，也借"寸"的意思与直尺刻度呼应。

♦ <u>一寸光阴一寸金</u>　65 页
解释 | 比喻时间的宝贵。
本书用法 | 形容直尺小子一分钟都不浪费的个性，并用"寸"与直尺刻度营造双关的趣味性。

♦ <u>天外飞来一尺</u>　67 页
解释 | 改写自"天外飞来一笔"，原意是指与上下文没什么关系，突然插进来一句话。
本书用法 | 刻意更改最后一字，是为了用来形容直尺小子说话随性的幽默。

✦ **良苦用心**　68 页
解释 | 极费心思，用意深远。
本书用法 | 指书包校长隐藏的苦心。

✦ **三步并作两步**　69 页
解释 | 形容行动急切。
本书用法 | 描述直尺小子急着冲上台的模样。

✦ **万丈高楼平地起**　69 页
解释 | 比喻万事万物都是由小到大，由低到高，逐渐发展而成。
本书用法 | 借用"尺"或"长短"这些有关系的词语，都是为了与直尺小子的"外形"相呼应。文中是书包校长鼓励大家要脚踏实地。

✦ **取长补短**　69 页
解释 | 取有余以补不足。
本书用法 | 书包校长鼓励大家互以优点来补足缺点。

✦ **道人长短**　69 页
解释 | 说别人的优缺点，不过主要指说人坏话。
本书用法 | 书包校长提醒大家别在背后说同学的坏话。

✦ **雄心万丈**　69 页
解释 | 志向豪迈远大。
本书用法 | 书包校长希望大家要有上进心。

✦ **从长计议**　69 页
解释 | 慢慢仔细地商议。
本书用法 | 书包校长希望大家做计划要谨慎。

✦ **好高骛远**　69-71 页
解释 | 一心只想达到高远的目标却不行动，形容不切实际。
本书用法 | 书包校长提醒大家不要做不切实际的梦。

✦ **得寸进尺**　71 页
解释 | 得到一些利益，却还想要获得更多，比喻贪得无厌。
本书用法 | 书包校长让大家不要贪心，友好礼让。

✦ **人家敬你一尺，你就还他一丈**　71 页
解释 | 你给别人的回报比自己得到的更多。
本书用法 | 书包校长要大家懂得报答别人的恩惠。

✦ 退一步，海阔天空　71 页
解释丨对他人先忍让，就会有开阔的心胸。
本书用法丨书包校长要大家凡事不要过于计较。

✦ 垂涎三尺　71 页
解释丨对美食非常馋或看见别人的东西很想据为己有。
本书用法丨便利贴小子形容便当的美味可口。

✦ 举头三尺有神明　71 页
解释丨传说中每个人头上三尺之处都有神明鉴察着，用来劝人不能做亏心事。
本书用法丨便利贴小子警告大家不要偷吃他的便当。

✦ 别出心裁　72 页
解释丨有独特巧思，和别人不一样。
本书用法丨指书包校长想出的文具魔法系列赛非常有特色。

✦ 风凉话　73 页
解释丨站在旁观者立场，讲些不负责任的话。
本书用法丨描述不锈钢剪刀小子和美工刀人对比赛结果不认同。

✦ 磨刀霍霍　73 页
解释丨形容准备动手宰杀动物。
本书用法丨形容不锈钢剪刀小子想要上场比赛的积极心情。

✦ 一刀两断　74 页
解释丨比喻断绝关系或形容行事干脆爽快。
本书用法丨形容美工刀人急得"快要断掉"的模样。

✦ 英雄无用武之地　74 页
解释丨虽有才能，却无施展的机会。
本书用法丨削笔器人提醒不锈钢剪刀小子和美工刀人要找"轻飘飘"班同学合作，才能一展身手。

✦ 若有所思　75 页
解释丨发愣不语，好像在想些什么。
本书用法丨指不锈钢剪刀小子想事情的样子。

✦ 二话不说　75 页
解释丨行动干脆爽快，不犹豫。
本书用法丨形容不锈钢剪刀小子和美工刀人马上跑去"轻飘飘"班，速度迅捷。

✦ **惊魂未定**　76 页
解释 | 被惊吓的心情还没有平复。
本书用法 | 指彩纸妹妹被不锈钢剪刀小子和美工刀人吓到了。

✦ **不甘落后**　77 页
解释 | 形容做事积极不输他人。
本书用法 | 指美工刀人想要和彩纸妹妹交朋友的积极态度。

✦ **追根问底**　78 页
解释 | 追查探究事物的根本。
本书用法 | 指不锈钢剪刀小子想要问清楚原因。

✦ **不可开交**　79 页
解释 | 形容无法摆脱或结束。
本书用法 | 描述"轻飘飘"班和"分得开"班吵个不停的状况。

✦ **伶牙俐齿**　80 页
解释 | 形容口才好，能言善道。
本书用法 | 形容"分得开"班的同学们很会辩论。

✦ **绞尽脑汁**　80 页
解释 | 形容费尽脑力，尽心思考。
本书用法 | 描述文具精灵努力在想赢得比赛的绝招。

✦ **公说婆有理，婆说公有理**　80 页
解释 | 改写自"公说公有理，婆说婆有理"，原意为各有各的道理，各人坚持各人意见的意思。
本书用法 | 指这场辩论会一反常态地要说出他人优点。

✦ **水泄不通**　82 页
解释 | 连水都无法流通。比喻防守极为严密，也用于形容拥挤不堪。
本书用法 | 指所有文具精灵为了看此次比赛而挤满会场的盛况。

✦ **迎刃而解**　83 页
解释 | 比喻事情很容易处理。
本书用法 | 彩纸妹妹称赞"分得开"班刀子同学们的话，是双关语。

✦ **游刃有余**　83 页
解释 | 比喻对于事情能愉快胜任，从容不迫。
本书用法 | 彩纸妹妹称赞"分得开"班刀子同学们的话，是双关语。

✦ 刀子口、豆腐心　85 页
解释｜形容说话犀利，其实心很软。
本书用法｜是图画纸大哥对刀子同学们个性的形容，是双关语。

✦ 工欲善其事，
　必先利其器　86 页
解释｜想要把工作做好，一定要先使工具精良。
本书用法｜形容"分得开"班刀子同学们的优点，是双关语。

✦ 义不容辞　86 页
解释｜道义上不容许推却任务。
本书用法｜形容"分得开"班的同学们乐于帮忙。

✦ 广结善缘　87 页
解释｜多行善事来得到众人爱戴。
本书用法｜字典老师给"分得开"班同学们的叮咛。

✦ 不分彼此　87 页
解释｜比喻感情非常亲密。
本书用法｜形容"轻飘飘"班与"分得开"班的感情很好。

✦ 打成一片　88 页
解释｜人与人相处，生活亲近，感情融洽，不分彼此。
本书用法｜形容文具精灵们融洽地玩在一起。

✦ 不亦乐乎　88 页
解释｜开心得不得了。
本书用法｜指文具精灵们一起玩得非常开心。

✦ 其貌不扬　88 页
解释｜形容人面貌平凡无奇。
本书用法｜形容复印纸弟弟本来苍白又不起眼的外表。

✦ 岁月不饶人　91 页
解释｜感叹时光飞逝，年华不再。
本书用法｜书包校长对于自己年纪大，体力不好的感叹。

✦ 好汉不提当年勇　91 页
解释｜指真正有本事的人，不会常常提到以前的好表现。
本书用法｜铅笔盒老师对书包校长的幽默提醒。

◆ 得意门生　91 页
解释丨指最让老师引以为豪的学生。
本书用法丨指铅笔盒老师是书包校长过去教出来的优秀学生。

◆ 灵机一动　92 页
解释丨心思忽然有所领悟。
本书用法丨指铅笔盒老师突然想到要提前进行体检的灵感。

◆ 留得青山在，
　不怕没柴烧　94 页
解释丨比喻只要根本的东西还在，不怕将来没有作为。
本书用法丨不锈钢剪刀小子描述健康检查对大家的好处。

◆ 交头接耳　95 页
解释丨低声窃窃私语。
本书用法丨描述文具精灵们在健康检查前的聊天模样。

◆ 斩钉截铁　96 页
解释丨说话办事态度坚决果断，毫不犹豫。
本书用法丨描述订书机小子讲话语气肯定，同时暗含订书机的特质。

◆ 一针见血　96 页
解释丨比喻议论透彻，可以马上指出重点。
本书用法丨描述订书机小子观察事情很快能找出重点。

◆ 不疾不徐　99 页
解释丨不快也不慢，形容能从容掌握做事节奏。
本书用法丨形容放大镜医生看诊的速度从容不迫。

◆ 了如指掌　99 页
解释丨对事情了解得非常清楚。
本书用法丨指放大镜医生很了解每位文具精灵的各种小病痛。

文具精灵的写作课
四个小技巧，串起好故事

小朋友，你觉得写作很困难吗？跟着文具精灵练习四个小技巧，让你轻松搭好故事架构，把写作变简单！

小技巧 1　动心

先写出你的故事"要表达什么想法、意见，要发生什么事件"？

木头铅笔小子参加美字王大赛，我想讲的是"友情可贵"；而圆规妹妹参加舞蹈大赛，谈的是"接纳新朋友"；直尺小子要登上世界最高峰，说的是"梦想贵在实践"……先有了讲故事的"心脏"，才能进一步让读者"动心"。

有三颗"故事心脏"可以帮助大家思考：
1. 说出你最近一次"最想说出口"的想法；
2. 你觉得"想让大家更重视"的意见；
3. 你认为"大家都很关心"的事件。

小技巧 2　重心

决定谁是主角，他（或他们）有哪些特质与个性？

接下来就要决定"主角"是谁了。本书将各式各样的"文具"拟人化，赋予他们不同的特点和个性，让故事有"重心"。例如直尺小子性情"耿直"，凡事"直来直去"；不锈钢剪刀小子有"刀锋"，一不小心就会让别人"受伤"……，每个故事的主角都要有能够代表他的鲜明个性。

教你三分钟就上手的私房秘诀

小朋友可以把对于每个小技巧的不同想法写在纸条上，再分别抽签，将1~4的不同答案组合起来，画出故事架构，然后开始试写并改写，很容易就会开始上手喽！

小技巧 3　决心

考虑到主角的个性与特点，在面临种种挑战时，他（或他们）会怎么解决？

> 主角面临问题时，他会正面迎击还是绕道而行？例如在"给你一个赞"辩论会里，不同文具面对别人"批评"时的反应，就会采取不同的解决方法，如此一来，故事情节就会有更多变化。

小技巧 4　猜心

安排"意外"的答案。

> 写好故事的秘诀就是五个字：反其道而行。懂得如何让主角的"优点变缺点"，或是把"缺点变可爱"，就能写出让读者"哇"一声的结局。像是"文具体检日"中，修正液同学的盖子没盖紧，就"感冒鼻塞"了；而圆规妹妹和长尾夹妹妹同时获得舞林盟主挑战赛的"冠军"，也是出乎读者意料之外的安排。

从生活经验中寻找题材，是最轻松写出好故事的快捷方式。写作可以天马行空，但飞久了也要让马儿"找到回家的路"哦！

版权专有　侵权必究

图书在版编目（CIP）数据

文具精灵国：跟着童话学写作. 构建故事卷：创意魔校开学啦 / 郭恒祺著；BO2绘. — 北京：北京理工大学出版社，2022.1
ISBN 978-7-5763-0662-0

Ⅰ. ①文… Ⅱ. ①郭… ②B… Ⅲ. ①童话—作品集—中国—当代 Ⅳ. ①I287.7

中国版本图书馆CIP数据核字(2021)第232419号

北京市出版局著作权合同登记号　字图：01-2019-5588
本书简体中文版版权由小鲁文化事业股份有限公司授权出版
ⓒ2022HSIAO LU PUBBLISHING CO.LTD.

出版发行	/	北京理工大学出版社有限责任公司
社　　址	/	北京市海淀区中关村南大街5号
邮　　编	/	100081
电　　话	/	（010）68913389（童书出版中心）
网　　址	/	http：//www.bitpress.com.cn
经　　销	/	全国各地新华书店
印　　刷	/	雅迪云印（天津）科技有限公司
开　　本	/	880毫米×1230毫米　1/32
印　　张	/	15
字　　数	/	600千字
版　　次	/	2022年1月第1版　2022年1月第1次印刷
定　　价	/	140.00元（共4册）

责任编辑／姚远芳
责任校对／刘亚男
责任印制／王美丽

图书出现印装质量问题，请拨打售后服务热线，本社负责调换

文具精灵国
跟着童话学写作 ②

角色设计卷

超时空博物馆历险记

郭恒祺 著　BO2 绘

北京理工大学出版社
BEIJING INSTITUTE OF TECHNOLOGY PRESS

作者序

只要有自信，人人都是万人迷！

《文具精灵国：跟着童话学写作①》出版以来，许多小读者纷纷来信或在粉丝群留言，抢着告诉我他们最喜爱的文具精灵同学是哪一位，大家的想法都很有趣，也很可爱——有很多女生喜欢转学到创意魔法学校"守规矩"班的圆规妹妹，因为她勇敢地参加舞林盟主挑战赛，用"转圈圈芭蕾舞"赢得冠军，在陌生的环境中收获了新友情，实在太酷了；而男生们则偏爱"热血到流鼻血"，想登上世界最高峰的直尺小子，大家都想效仿他坚持实践"梦想"的精神；男女生都喜欢的是木头铅笔小子，因为他乐于帮助朋友；还有令人向往不已的"文具三结义"，他们之间坚定的友情，大家都好羡慕。

小读者在阅读《文具精灵国》时的收获，以及给予我的回馈，是我最大的礼物。而我提笔写下《文具精灵国》系列的初衷，是希望除了让孩子们学习正确地使用成语、词语（文中用蓝色字体标示），认识基本的故事架构之外，还可以利用"角色设计"，把许多人格特质偷偷"置入"小读者的品格学习中，让他们产生代入感，由代入感萌生同理心，比爸妈讲一万个道理还有效，这对于通过阅读建构世界观的小朋友来说，真的非常重要。所以我特地在本册《超时空博物馆历险记》中，写了好几个有关人际关系的故事。

来自外国的交换生"磁铁贵公子"，因为"太有吸引力"大受同学欢迎，却没想到"受欢迎"反而成了他的苦恼来源；

而同样是刚来到创意魔法学校的三角板兄弟,又会被文具精灵同学们用什么方式"欢迎"呢?

"融入"与"接纳"永远都是学校生活中与人相处的难题,我希望这些故事让小读者在潜移默化中学会文具精灵的"魔法",继而运用在自己的生活中,通过阅读和引导,让孩子们学会解决所面临的人际问题。除此之外,本册其他故事谈及的主题也相当生活化,同样是为了让孩子产生代入感,比如瘦弱的彩纸妹妹如何"找回健康";记性不好的透明胶带弟弟如何"克服健忘"。

其实无论什么主题,我想让家长和小朋友们通过文具精灵的故事,了解他们除了幽默搞笑之外,还会用什么方式改变待人处世的态度。我始终相信,一个称得上精彩的故事,不该只讲些大道理,也不能只有搞笑,否则只会沦于"笑话"。能让人在读过之后留下一些"余味"的,才是好故事。因此,如果想提升孩子们的写作能力、培养好品格,建议家长们要让他们多接触这样的好作品,不论是绘本还是桥梁书,都适用这样的原则。

这是我致力达成的终极目标,因为孩子才是阅读的主角,师长们不妨多带他们去书店选书,和孩子们聊聊读后感受,让他们说出真心喜欢且读后难以忘怀的作品——是那种想一读再读的"心头好",而不是随手选的一本书。

衷心希望《文具精灵国》系列,能持续带给孩子们这样的幸福感,只要各位小朋友喜欢,我就会不断地写下去!

人物介绍

书包校长

创意魔法学校的创办人,是文具精灵界德高望重的资深魔法教授。笑起来有酒窝,爱吃美食,生性乐观、开朗,鬼点子特别多。喜欢打探文具精灵们的消息,在校园里神出鬼没,是个老顽童。

字典老师

创意魔法学校的美丽女老师,有着一双水汪汪的大眼睛,气质优雅但容易脸红害羞。精通各国语言,尤其是中英文。对学生有问必答,是文具精灵们倾诉心事的好老师。

铅笔盒老师

书包校长的得意门生和助手。有一张帅气的明星脸,头上长着一根天线,肚子里总是藏着一些神秘的魔法道具。个性温柔有礼,但对文具精灵训练要求高。偷偷对字典老师有好感。

磁铁贵公子

来自"吸奇神力国"的外籍转学生,非常注重仪表,常穿背心打领带,贵气十足,讲话有礼貌。因为磁力惊人,所以非常受欢迎,尤其是身上带有"铁质"的文具精灵,经常"不由自主"地被他"吸引"过去,让他十分苦恼。

木头铅笔 小子

"笔一笔"班头号风云人物。身材修长,最爱练习写字,到处写个不停,个性耿直又爱打抱不平。他和橡皮擦女孩、卷笔刀人组成"文具精灵三结义",号称创意魔法学校的第一个偶像团体。

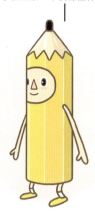

橡皮擦 女孩

"爱整洁"班的开心果,也是木头铅笔小子的忠实粉丝。身材圆滚滚的,常一跳一跳地走路。有点傻乎乎的,但心地善良,后知后觉,是标准的乐天派。她非常爱干净,最爱自愿当班上的值日生。

卷笔刀人

"分得开"班年纪最小的同学,是木头铅笔小子的指定造型师,只有他能把铅笔头削得尖尖的。他的个性也和身材一样,四四方方,常钻牛角尖,有时会把心事闷着不说而暗自伤心,和班上同学意见也常常不一致。

直尺 小子

"守规矩"班的热血代表,十五厘米的身高,却有着想要和天一样高的志气。个性"直"来"直"去的他,不仅担任学校的纪律委员,更是各科老师上课时不可或缺的小帮手。

人物介绍

不锈钢剪刀 小子

"分得开"班的"急先锋"。个性冲动，心直口快又好强，认真做起事来相当利落，爱帮同学解决难题，却常忘了自己才是引起纷争的原因。

美工刀人

和不锈钢剪刀小子号称"分得开"班的"二刀流"，也是"轻飘飘"班"纸"类同学最怕的对象。他希望自己有朝一日能做出巧夺天工的手工作品，夺得大奖，为"创意魔法学校"争光。

圆规 妹妹

"守规矩"班新来的转学生。个性文静内向，热爱跳芭蕾舞。因为凡事力求完美，所以常搞得自己很累，一件事常要先想半天，又不敢行动，渴望结交更多的新朋友。

透明胶带 弟弟

天生是个迷糊蛋，明明叫作"胶带"，却不能"交代"他任何事。记性差，常忘记带东西。动作慢，所以上学常常迟到。他想在"记忆力大会考"中让其他同学刮目相看，所以发愤图强，想要变成金头脑。

回形针小妹妹

人小志气高,是磁铁贵公子的小跟班。爱做瑜伽,身体柔软,可以把身体折成阿拉伯数字和英文字母,不过话如其人,说话习惯"拐弯抹角"。喜欢帮其他同学出点子,希望自己变得很受欢迎。

彩纸妹妹

"轻飘飘"班的小可爱班花。她头上爱别朵小花,是"创意魔法学校"的时尚潮人。人缘一级棒,"分得开"班的所有同学都是她的超级粉丝。她的魔法就是随时变出新造型,据说她的衣橱里总有穿不完的七彩新衣服。最爱吃甜筒,但一直担心自己吃得太胖。

订书机小子

"在一起"班同学,有一口亮晶晶的"订书钉牙齿"。最爱刷牙,热心公益,最爱帮老师忙。虽然是位好帮手,但有时会因个性急躁而弄巧成拙。"轻飘飘"班同学最怕他的"一钉搞定"魔法。

大小三角板兄弟

两兄弟来自遥远的"一板一眼"城,是"奥林匹克天才学园"的数学高手,除了数学以外,其他魔法科目不太灵光。两人生性耿直,常形影不离,说话也总是讲出"三"个重点,爱吃和自己长得很像的三角饭团。

# 目录

作者序	02
人物介绍	04

1. 彩纸妹妹"绝对不能说"的心事　　10
2. 磁铁贵公子的"万人迷"风波　　26
3. 透明胶带弟弟的"给我一个交代"记忆力大会考　　42

4	文具三结义的"超时空文具博物馆"历险记	58
5	三角板兄弟想找新朋友	72
6	什么！字典老师要离开创意魔法学校了？	90

好用的成语、词语秘籍　　104

文具精灵的写作课 ❷　　114

彩纸妹妹"绝对不能说"的心事

　　一大清早,"文具什么东东"村的山头上,跳出一颗又大又圆像荷包蛋似的太阳,当金黄色的阳光洒遍整个创意魔校时,所有文具精灵都会准时到校,朝气蓬勃地参加由书包校长亲自主持的"魔力一百分"晨会。

　　"哇!早上天气暖洋洋的,好舒服啊!"

　　看起来"走路有风"的圆规妹妹,是今天第一个到校的,而其他"守规矩"班的同学,像直尺小子、量角器弟弟也都陆续进到教室里,大家放好书包后,一起排好队向操场出发。

　　"呵呵呵,大家早啊!"和蔼可亲的书包校长已经站在领操台上,精神抖擞地向文具精灵们挥手问好。

"校长早！"各个班级鱼贯走进操场，铅笔盒老师在一旁帮忙维持秩序。"笔一笔"班的木头铅笔小子跟"爱整洁"班的橡皮擦女孩说"哈啰"，而"分得开"班的不锈钢剪刀小子和安全剪刀男孩则在玩着"剪刀，没有石头，少了布"的搞笑游戏。

等所有班级各就各位了，今天的主持人——最美丽的字典老师拿起麦克风宣布：

"升旗仪式——开始！"

这时，彩纸妹妹才匆匆忙忙从校门口跑进操场，明明该走到"轻飘飘"班的她，却闷头闷脑地直奔"守规矩"班冲了过去。

"彩纸妹妹，你走错了，我们这里是守规矩班。"站在排头的圆规妹妹，连忙大声提醒睡眼惺忪的彩纸妹妹。

"喂！彩——纸——妹——妹，我们班在这

里！"操场另一边"轻飘飘"班的厚纸板姐姐扯开嗓门喊着，要彩纸妹妹赶快回自己班的队伍。

"咦！我……我走错了吗？"彩纸妹妹一脸尴尬地在全校同学的注视之下，满脸通红地走回自己的班级，安静地站在最后一排。

仪式开始，所有精灵同学看着校旗冉冉升空，大家一边打着节拍，一边大声唱着创意魔法学校校歌："魔校、魔校，我们的摇篮。点子很多，创

意不简单……"

差点儿迟到的彩纸妹妹也跟着同学们一起唱起来。唱着唱着,她的声音越来越小,同学们的身影在她眼里越来越模糊,她开始晃晃悠悠,眼看就要昏倒了!

　　这时，不知从哪儿刮来一阵大风，刹那间把彩纸妹妹"咻"地吹到了半空中。

　　"你们看，彩纸妹妹被风吹走了！"在场的同学齐声惊呼。彩纸妹妹像断了线的风筝一样在空中飘上飘下。书包校长急得不知所措，字典老师和铅笔盒老师马上冲过去,想要抓住彩纸妹妹的衣角,把她救回来。

男同学们也想"英雄救美",对彩纸妹妹很有好感的不锈钢剪刀小子立刻追上去想拉住她;而号称"美字王"的木头铅笔小子也不遑多让,想要跳起来抓住彩纸妹妹,只可惜这不是他们的魔法专长,所以谁也没有成功。

"这可怎么办?"大家都不知如何是好。这时,之前荣获"舞林盟主"比赛冠军的圆规妹妹灵机一动,轻巧地跳起来。"看我的!"圆规妹妹在空中转了好几圈,操场上顿时形成了一阵小型龙卷风,强大的风力居然一口气把彩纸妹妹"卷"了回来。

跑得气喘如牛的书包校长,这时才放下心中一块大石:"真是有惊无险!"

灵活的圆规妹妹伸出她的大长腿,在操场上

画了一个好大的圆圈，让彩纸妹妹平安地降落在圆圈中央。

"大家先让彩纸妹妹好好休息一下。"老师们赶忙带她去保健室休息，所幸彩纸妹妹慢慢张开了眼睛。

这时，站在操场边上的文具精灵们七嘴八舌地讨论了起来。

"唉，彩纸妹妹真是弱不禁风，被风一吹就飘走了！"爱碎嘴的便利贴小子又开始说"风凉话"。

"才不是呢！她一定是生病了，所以才没有力气！"一直很有同情心的橡皮擦女孩觉得自己很会"推理"。

"依我看，她可能是不想参加晨会，想要飘到其他地方去玩。"说话经常"拐弯抹角"的回形针小妹这样"分析"。

厚纸板姐姐叉着腰说："你们可别'风言风语'

地瞎猜，我认为是因为彩纸妹妹不像我这么强壮，不然，我怎么没被风刮走？"

便利贴小子大笑："哈哈哈哈，如果你算'强壮'，我就去'撞墙'……你才瞎猜呢！"

同学们在操场上你一言我一语地讨论着彩纸妹妹的"断线风筝事件"。

午休之后，看起来仍然很虚弱的彩纸妹妹走出保健室，她和自愿照顾她的圆规妹妹并肩坐在聊天树下，打开了话匣子。

"圆规妹妹，谢谢你救了我！"彩纸妹妹一脸感激地说。此时的她脸色还有些苍白，没有了平时脸蛋红通通的俏模样。

"没什么，助人为快乐之本，我也只是把平常练的'转圈圈'魔法拿出来应用而已！"圆规妹妹毫不在意，她的运动细胞很发达，这对她来说只是举手之劳。

"我真羡慕你,身材瘦瘦、腿儿长长,是运动健将又是舞蹈比赛冠军。不像我,四四方方,看起来就胖胖的……"

"胖?你哪里胖?你一点儿都不胖啊!"圆规妹妹从头到脚看了彩纸妹妹一遍,觉得她实在想太多了。

"我觉得我胖死了,所以最近我连早餐都不想吃……"

"什么,不吃早餐怎么行?"

"其实,我……我在减肥……"彩纸妹妹脸蛋涨得通红,她居然不小心透露了自己的秘密。

"原来你在减肥,难怪会轻到被风一吹就飞走!"圆规妹妹这才恍然大悟。

"嘘……小声一点,拜托你,这件事一定不能跟别人说。"

彩纸妹妹紧张兮兮地提醒圆规妹妹。

"好啦！我会替你保守秘密。"圆规妹妹点点头，彩纸妹妹这才放心地跟她挥挥手，各自回教室上课。

"呼！早餐可是大家最重要的魔力能量啊！不吃怎么行，我得想个好办法！"

谁都没发现，聊天树上传来一阵喃喃自语，原来书包校长又挂在树上睡午觉，他好像听到有人说自己在减肥。

书包校长小心翼翼地爬下树，回到校长室翻箱倒柜，找出了他年轻时最爱读的一本魔法课本。

"注意！注意！请各班派出体重最轻的同学，到校长室集合！"第二天早自习时，书包校长的广播声传遍全校，所有精灵同学议论纷纷，

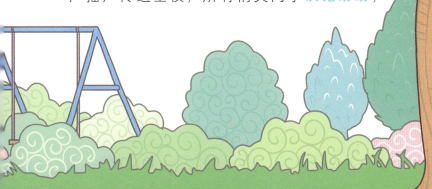

不知道书包校长"葫芦里卖的是什么药"。

"守规矩"班派出的是圆规妹妹,"在一起"班派出的是三秒胶哥哥,"笔一笔"班派出的是木头铅笔小子,"分得开"班派出的是美工刀人,而"轻飘飘"班派出的正是彩纸妹妹。

大家走进校长室,根本没有看到书包校长的踪影,眼前却出现了一位戴着白色高帽的大厨师。

"大家好,我是'阿饥师',就是会让你饥饿的那个'饥'哦!"高帽大厨师推了推眼镜,得意扬扬地笑着。

"好奇怪,这位'阿饥师'……看起来有点儿眼熟。"木头铅笔小子心想。

"书包校长请我来给大家做一道好吃的'魔力QQ松饼'。"话还没说完,"阿饥师"就"手忙脚乱"地做了起来。他用力地和着面粉,然后拿两个鸡蛋在碗边一敲,开始打蛋,再把和好的面皮加上蛋汁、奶油和糖，接着放进烤箱中。

"哇，好期待！"大家异口同声地说。又没吃早餐的彩纸妹妹在偷偷擦口水，她的肚子已经饿得"咕噜咕噜"地唱起歌来了。

"出炉喽！""阿饥师"戴着隔热手套，端出好几份热腾腾、香喷喷、甜蜜蜜又软绵绵的魔力QQ松饼，让所有在场的文具精灵都"食指大动""胃口大开"。

没等"阿饥师"宣布开动，圆规妹妹就忍不住上前偷吃了一口，三秒胶哥哥吃了两口，木头铅笔小子吃了三口，美工刀人吃了四口……而彩纸妹妹——她忍不住吃完了一整个松饼！

"真好吃，还想再吃一个！"彩纸妹妹拍拍肚子，觉得自己充满了活力。

这时，突然一阵怪风"呼"地吹进校长室。

"彩纸妹妹，小心！"圆规妹妹马上抓住彩纸妹妹的手,生怕她又被风吹跑了。

"放心,我没事!"神奇的是,这次彩纸妹妹"纹风不动",稳稳地站在原地,反而是大厨"阿饥师"的白色高帽被风吹走了,露出了一张熟悉的面孔。

文具精灵们大声惊呼:"原来……'阿饥师'就是书包校长!"

被识破的书包校长不好意思地挠了挠头:"大家觉得我做的松饼早餐好吃吗?"

"早餐?"文具精灵们这才知道,原来书包校长还有这么棒的厨艺魔法啊!

"俗话说得好:肚子空空,眼睛蒙蒙,耳朵嗡嗡,骨头松松……"书包校长亮出昨天翻箱倒柜才找到的"魔法食谱",满意地说,"各位同学,早餐对每个人都很重要,天天都要吃,而且要吃得营养又健康。"

文具精灵们都用力鼓掌,只有彩纸妹妹有点不好意思,她怎么也想不通,为什么书包校长能猜中她的"心事"呢?莫非是……

她偷偷看了一眼旁边的圆规妹妹,圆规妹妹急忙说:"不是我说的!"

"魔力QQ松饼这么好吃,我们吃完再一起去操场跑个两三圈,把多余的热量消耗掉,不就好了吗?"爱运动的圆规妹妹热心地邀请彩纸妹妹一起去慢跑。

"好啊!不然每次体育课我都躲在聊天树下休息,好无聊。"彩纸妹妹露出甜甜的微笑。

两个好朋友越聊越起劲儿,完全没有注意到,剩下的魔力QQ松饼早就被一旁的木头铅笔小子、美工刀人和三秒胶哥哥"一扫而空",通通吃光了。

2 磁铁贵公子的"万人迷"风波

自从铅笔盒老师在晨会上宣布,这学期会有一位来自"吸奇神力"国的小朋友,要来创意魔法学校当交换生,文具精灵们都非常期待。只要一下课,同学们就会聚在一起交头接耳,想要打听"最新消息"。

平时最爱崇拜"偶像"的橡皮擦女孩显得很兴奋:"呵呵,不知道今天新来的外国同学长什么样呢?"

"我知道我知道,"直尺小子说,"据我听来的消息,大家都叫他'万人迷'呢!"

"万人迷?我才不信!"一旁的不锈钢剪刀小子根本不信。

不锈钢剪刀小子听到同学们还没看到新同学

就对他赞不绝口，也很不服气："说到帅，我才帅呢！"

"哈哈哈！你的帅是象棋里的那颗红色的'帅'吧！"便利贴小子也加入了话题，却马上被不锈钢剪刀小子赏了一记白眼。

平时就喜欢咬文嚼字的木头铅笔小子，一脸轻松地说："哎！我说各位同学，正所谓'船到桥头自然直，人到眼前自然知'，等一下看到不就知道了吗？"

这时，扩音器里突然传来书包校长的声音："各位精灵同学，请大家火速到校门口集合，一起欢迎新同学——磁铁贵公子。"

整个创意魔法学校顿时像发生了七级地震般骚动起来。

"来了来了！那个穿背心打着领带的，就是磁铁贵公子！"

彩纸妹妹赶忙从"轻飘飘"班"飘"出来,想要快点一睹新同学的风采;"在一起"班的三秒胶哥哥和胶棒小美女也"黏"在一起走出教室,急着瞧瞧新同学到底长什么样。

只见穿着背心,打着领带,身材高大的磁铁贵公子,不疾不徐地从校门口潇洒走来,向两旁列队欢迎的精灵同学们挥手说:"哈啰,各位同学大家好!我是磁铁贵公子,你们也可以叫我'文具钢铁人'。"

磁铁贵公子停下脚步,在原地利落地转了一圈,刹那间就好像有一股看不见的魔力,连站在操场角落的回形针小妹、订书钉同学和安全图钉人,都一股脑儿地飞起来,"啪"地一声"吸"到了磁铁贵公子的身上。

"哇!好强的'吸引力'!"订书机小子、不锈钢剪刀小子和圆规妹妹,也觉得自己的手脚开

始不听使唤,一直向磁铁贵公子的方向移动。

"怎么回事?我控制不了自己了!"美工刀人像被催眠一样,冲上前一把"抱住"磁铁贵公子,连字典老师头发上细细的黑色铁丝发夹,都"嗖"地一声飞到磁铁贵公子的头上。

这么多同学都被磁铁贵公子牢牢吸住,让他动弹不得。

"好热好热,好挤好挤啊!"磁铁贵公子对同学们"蜂拥而上"的热情毫无招架之力。

"天啊!这位新同学简直是'吸'有动物,吸力好强!"木头铅笔小子、橡皮擦女孩和直尺小子等身上缺少"铁质"的文具精灵们在一旁啧啧称奇。

磁铁贵公子果然是不折不扣的"万人迷"。尤其是回形针小妹、订书钉同学这些"在一起"班的同学们,更是磁铁贵公子走到哪里,他们就跟着"吸"到哪里,磁铁贵公子想要上个厕所,吃个零食都有困难。

这种空前盛况持续了一个星期,磁铁贵公子像明星般被同学们紧紧跟随,争着要他传授"吸引力魔法",让他一刻也不得闲,这让刚来学校时笑容灿烂的磁铁贵公子,脸上渐渐出现了疲倦的神色。

"嗨,你早……啊!我忘了太阳都快下山了,还在说早安!"一直对"粉丝"们挥手打招呼的磁铁贵公子,居然连早上、晚上都傻傻分不清楚了。

而且,他经常课上到一半就无精打采,突然整个人"吸"在教室的磁性白板上睡着了。更不可思议的是,星期

一的时候，磁铁贵公子居然没来学校上课！

"号外号外，听说磁铁贵公子失踪了！"下课时，订书机小子匆匆跑来大声说。

"是哦！他没有请假吗？"一天到晚都和磁铁贵公子"形影不离"，当他"贴身侍卫"的回形针小妹一脸失望。

"书包校长打电话问过磁铁贵公子的爸妈，他们说他一大早就出门上学了，可是老师们找遍全校，都没有看到他的影子。"订书机小子也很担心。

"我知道了！"木头铅笔小子突然灵光一闪，他三步并作两步地跑出校门，没过多久，就看到他拉着一个脸圆圆的，鼻子中间有一根黑黑尖尖的指针在微微转动的人，走到操场中间。

"原来是校门口卖地图的指南针伯伯！"文具精灵们一阵惊呼。

指南针伯伯一直是文具精灵们心目中的名侦

探"福尔摩斯"。

"只要我出马,绝对没有破不了的案,也没有吃不完的饭,看电视也不会只看到一半……哦,我是说没有我找不到的人!"指南针伯伯在操场中间蹲好马步,再深吸一口气,脸上的指针突然开始剧烈转动。

"哇!什么吸引力这么强大?"订书机小子也感到有股力量在吸引着他。

"我找到啦!"指南针伯伯累得满头大汗。所有精灵同学围过来一看，指南针伯伯的指针居然指向——"大大大大大礼堂"。

"原来'万人迷'躲在那儿？"木头铅笔小子一个箭步，就向"大大大大大礼堂"的方向冲去，所有同学也跟在后面，想要一探究竟。

创意魔法学校的"大大大大大礼堂"实在是太大了，难怪之前老师们都没找到磁铁贵公子。大家找了好久，才发现他一个人坐在礼堂的后台，自顾自地说着话。

"嘘，不要出声！"木头铅笔小子提醒大家安静地躲在一旁，他想要听听磁铁贵公子说些什么。

只见磁铁贵公子像表演话剧一样在台上走过来走过去："唉，当万人迷真累。大家都不知道我的压力！"

躲在一旁偷听的订书机小子小声地问大家："什么是'鸭力'？我只看过黄色小'鸭'生得真美

'丽'！"

"才不是呢！所谓'鸭力'是说……像黄色小'鸭'一样越游越没'力'！"不懂装懂的回形针小妹越解释越离谱。

磁铁贵公子什么都没听见，他慢慢地走到舞台中央，说出自己的心声："虽然我很有吸引力，但是追着我跑的都是一些和我一样有'磁性'的朋友。其实，我也希望和木头铅笔小子、橡皮擦女孩、彩纸妹妹和直尺小子成为好朋友。"

"原来是这样啊！"同学们这才恍然大悟。

"一天到晚都被磁铁粉丝团团包围，让我签名，好累哦！"

订书钉同学和回形针小妹惭愧地低下头："万人迷同学是在说我们……造成了他的困扰，真是不好意思。"

这时，木头铅笔小子和橡皮擦女孩才明白：

"原来磁铁贵公子也想跟我们做朋友呢!"

磁铁贵公子的话还没说完:"还有,大家都不了解身为磁铁的我,在生活中会遇到很多小麻烦。"

在场的文具精灵们全都好奇地竖起耳朵,想听他怎么说。

"我不能去吃西餐,因为刀叉会被我吸成一团

碍手碍脚，让我不能好好吃饭；走路要避开铁制的井盖，不然我的脚会被吸住寸步难行；甚至连开个冰箱门，我都会一不小心被吸在门上，变成'专门吸在门上的男生'——'吸门丁*'！"

磁铁贵公子突然涨红了脸大叫："我——不——想——当——万——人——迷——啦！"

＊丁：这里是代指男性的意思。

他的怒吼声在"大大大大大礼堂"回响着，没想到这样一喊，他的磁力魔法突然增强了一百倍！只见原本站在一旁的回形针小妹、订书机小子和订书钉同学全都'啪嗒啪嗒'地被吸了过去。他们紧紧地贴在磁铁贵公子的身上，害他跌了个四脚朝天。

其他文具精灵都目瞪口呆："难道这就是传说中的百倍超强磁力魔法？"

"哎哟，哎哟！"磁铁贵公子被撞得眼冒金星，头昏脑涨，好不容易才站了起来，而订书机小子也把订书钉同学和回形针小妹扶了起来。

"各位同学，你们怎么都跑这里来啦？"磁铁贵公子见大家都来了，一副丈二金刚摸不着头脑的样子。

木头铅笔小子走上前，对磁铁贵公子笑着说："我们是来和你做好朋友的啊！"

橡皮擦女孩也说:"虽然我不会磁力魔法,但我也是很有'魅力'的!"

磁铁贵公子挠挠头说:"你们……你们都听到我刚才说的话啦?我真的可以跟你们做朋友吗?"

木头铅笔小子和橡皮擦女孩走过去,跟他握

了握手,异口同声地说:"当然啦!"

直尺小子也点点头:"真正有吸引力的人,就是有话'直'说,让朋友觉得真诚又开心,这才会让人没有压力啊!"

而刚才跌得东倒西歪的回形针小妹、订书机小子和订书钉同学等"粉丝同学"们,却开始互相抱怨:"我终于知道什么是'压力'了,就是你们刚才'压'得我好用'力'啊!"

橡皮擦女孩笑得最大声,她举手建议:"为了庆祝磁铁贵公子和我们成为好朋友,大家晚上一起聚餐吧!"

"好啊好啊,去吃什么?"原本就爱吃的木头铅笔小子和订书机小子马上附和。

"那……我们带磁铁贵公子去吃铁板烧,好不好?"橡皮擦女孩向其他同学眨了眨眼,大家听了都会心一笑。

"啊!我才不要吃铁板烧呢!"磁铁贵公子一听,差点昏倒。上次他跟爸妈去吃铁板烧,因为害怕不小心被"吸"在铁板上,一家人都只能坐得远远的。

原来文具精灵们的幽默魔法,也这么有"吸引力"啊!

透明胶带弟弟的"给我一个交代"记忆力大会考

奇怪、奇怪、真奇怪!平日总是笑声连连,热闹非凡的创意魔法学校,今天突然变得异常安静。曾经笑闹声吵到爆表的校园中,看不见任何一个文具精灵的影子,整个学校鸦雀无声。

"咦?真的安静到连回形针小妹和订书钉同学跌倒在地上,都听得见呢!"在休息室里忙着批改作业的字典老师也觉得奇怪,转头问准备去"在一起"班上课的铅笔盒老师。

"对啊!我猜是因为快考试了,同学们在安静地复习功课呢!"铅笔盒老师欣慰地说。

铅笔盒老师猜得没错,创意魔法学校一年一度的"记忆力大会考"就要登场,文具精灵们都在自觉地复习魔法,努力争取考出最好的成绩呢。

"考试要好好准备没错,但太过紧张反而会无法发挥实力。"字典老师这样认为。

"你说得对!"铅笔盒老师快步向"在一起"班走去,碰巧看见透明胶带弟弟正匆匆忙忙地冲进教室。

铅笔盒老师跟着他进了教室,说道:"各位同学,老师知道你们正在辛苦地准备记忆力大会考,为了帮大家放松一下心情,我们来玩'大风吹'游戏吧!"

文具精灵们都开心得手舞足蹈,今天担任值日生的胶棒小美女,飞快地把所有同学的椅子在教室中间排成一个圆圈,最后再搬走一把椅子。

"大风吹!"铅笔盒老师大喊。

同学们跟着应和:"吹什么?"

"吹……今天忘记带家校联系本的人!"

"啊,我今天忘了带家校联系本!"刚才差点迟到的透明胶带弟弟赶忙去找座位,好不容易抢到一把椅子坐下。

同样忘了带家校联系本的订书机小子没有抢到椅子,这一回合被淘汰出局。

"大风吹!"铅笔盒老师再拿走一把椅子。

"吹什么?"

"吹……今天忘记带饭盒的人!"铅笔盒老师更大声地喊。

透明胶带弟弟又愁眉苦脸地站起来去抢其他座位,原来……他饭盒也忘了带。还好他又一次成功抢到椅子坐下,这次换成回形针小妹被淘汰。

几个回合过后,一张张椅子被撤下,一个个精灵同学被淘汰,全场只剩下透明胶带弟弟和三秒胶哥哥准备PK,看看谁能抢到教室中间最后一把空椅子。

"大家注意,我们换个方式决定谁是最后的冠军,大风吹,吹……记得带竖笛来上音乐课的人!"

三秒胶哥哥还没等到"三秒",马上一屁股抢坐在椅子上:"哈哈,今天我带了竖笛哦!"

精灵同学们欢声雷动,只剩

下透明胶带弟弟一个人尴尬地站在教室中间。

"哈哈！今天的'大风吹'比赛冠军是三秒胶哥哥……但'忘东忘西'这个部分，应该是透明胶带弟弟得第一名了！"教室外，跑来围观的其他班同学在起哄。

记性最差的透明胶带弟弟脸上一阵红一阵白，今天他真的把家校联系本、饭盒和竖笛通通忘在家里，一样都没带到学校来。

"哎哟！身为'胶带'一族，我怎么老是忘了老师的'交代'啊？难怪大家都叫我迷糊蛋！"透明胶带弟弟一脸懊恼地走出教室。

"嘿！迷糊蛋，茶叶蛋，傻傻分不清！"不锈钢剪刀小子又来加油添醋，让透明胶带弟弟觉得好糗。

木头铅笔小子安慰他说："透明胶带弟弟，你先别懊恼，听说我们创意魔法校园里有一种聪明药，就藏在图书馆里。不过……我也没找到过就是了。"

橡皮擦女孩和卷笔刀人也来凑热闹："什么？这世界上真的有聪明药吗？我也要吃！"

不锈钢剪刀小子却没好气地说："唉，我觉得吃什么都没用，有句俗话不是说'少壮不努力，老大……老大……'后面接什么来着？我忘了！"

美工刀人急着接话："我知道，是'少壮不努力，老大罚三杯'！"

同学们哄堂大笑："美工刀人，拜托，是'少壮不努力，老大徒伤悲'，不是'老大罚三杯'，我还请你吃'三杯鸡'咧！"

透明胶带弟弟无奈地说："说到三杯鸡，我妈妈可是经常炖鸡给我吃，说是帮我补补脑，所谓'禽'能补拙，是不是这个意思啊？"

回形针小妹和订书机小子一听，笑得趴在地上：

"拜托,是'勤'劳的'勤',勤能补拙,你又搞错了!"

所有同学都暂时忘记了考试的压力,嘻嘻哈哈地在走廊里聊了起来,却没人注意到透明胶带弟弟不知何时溜走了,一个人悄悄地向图书馆走去。

"真的有木头铅笔小子说的那种聪明药,吃了就不会再迷迷糊糊吗?"透明胶带弟弟若有所思地走进图书馆,一直到放学才出来。

就这样一连五天,透明胶带弟弟除了上课和

吃午餐之外，都一个人闷在图书馆里，同学们都在猜测他是不是在找"聪明药"。

"依我看，他一定是在临时抱佛脚。"圆规妹妹一副铁口直断的样子。

"没错，没错！我们透明胶带弟弟一向是'一目十行，过目即忘'，这样可不行。"直尺小子也不看好透明胶带弟弟，不相信他在一夜之间就能脱胎换骨。

"记忆力大会考"当天，所有的文具精灵都来到图书馆里的魔法阅览室，准备参加今天的考试。

"我要提醒各位同学，"书包校长把考卷交给一旁准备主持的字典老师，并开始说明今天的考试方式："今天的记忆力大会考采取抢答方式进行，谁先举手谁先答，答对最多题的同学为优胜。大家都准备好了吗？"

"准备好了！"所有精灵同学都志在必得，包括起了个大早，坐在最前面的透明胶带弟弟。

奇怪！透明胶带弟弟今天看起来眼睛炯炯有神，双拳紧握，一副胸有成竹的样子。

字典老师优雅地从书包校长手中接过考卷开始出题："第一题是地理题。请问：世界上有哪七大洲？"

"我知道，是欧洲、非洲、亚洲、南极洲、大洋洲、南美洲和北美洲！"出乎意料的是，第一个抢答的竟然是透明胶带弟弟，只见他完全不假思索，立刻举手答题。

"完全正确！"书包校长拍手叫好，台下的文具精灵们也都大吃一惊。

字典老师接着出题："下一题是生物题。请问：人类能尝出哪五种味道呢？请作答！"

"我！是咸、鲜、酸、苦、甜五种味道！"依然是透明胶带弟弟举手最快。

"正确！再得一分！"书包校长觉得很不可思议，没想到平时看起来傻里傻气的透明胶带弟弟，进步竟然如此神速。

"接下来是数学题。请问：谁会背圆周率*？"

"哈！这回该我得分了吧！"全校数学最好的直尺小子正要举手抢答，没想到透明胶带弟弟早已举手："圆周率是3.1415926！"

十道题目透明胶带弟弟全都答对，全场爆发出雷鸣般的掌声。没想到透明胶带弟弟竟然大爆冷门，成为这届记忆力大会考的冠军。

"你今天一定要给我们一个交代，你是真的找到聪明药了吗？怎么才几天就变成了'超级大脑'？"木头铅笔小子好奇地追问透明胶带弟弟。

"对啊，世界有七大洲，可我只知道我妈妈会煮皮蛋瘦肉粥。快教教我们！"橡皮擦女孩也迫

---

*圆周率：圆的周长除以直径。

不及待地要他传授一两手妙招。

"没问题,好方法要跟好朋友分享。我来教大家几句口诀!"透明胶带弟弟接着说,"海鸥飞呀南极洋,飞南飞北都好美。"

"这是什么外国话?"所有精灵同学都丈二金刚摸不着头脑。

"请大家闭起眼睛想象,世界上有一只海鸥,飞呀飞呀在天空上傲视白茫茫的南极大洋,不论它飞向南方或北方,姿态都好美。"透明胶带弟弟仿佛变成了电影导演,带领大家在心中想象大屏幕的场景。

"所谓'海鸥'就是欧洲,'飞呀'是非洲和亚洲,而'南极洋'就是南极洲和大洋洲,最后一句'飞南飞北都好美',顾名思义就是……南美洲和北美洲啦!"

"哇!好聪明!原来这样就能记住了啊!"同

学们这才发现，用谐音字来记东西，有 事半功倍 的效果。

"但是，人类能尝出的五种味道又是怎么记的呢？"厚纸板姐姐也急着想知道答案。

透明胶带弟弟点点头："很简单，大家可以想象往嘴里塞进一条从咸咸的海水里捞起的鲜鱼，鲜鱼口中塞着一颗酸梅，酸梅中间又夹了一块苦中带甜的巧克力。这不就包含了咸、鲜、酸、苦、甜五种味道了吗？"

"哇！这么奇怪的味道组合，真的让我印象深刻，想忘都忘不掉呢！"三秒胶哥哥挠挠头，非常佩服透明胶带弟弟的创意。

"至于圆周率那就更好记了，就记成：在山巅上有一座寺庙，寺庙里面放着一壶酒和鹅肉，这样不就是……'山巅一寺一壶酒鹅肉'，也就是3.1415926的谐音了？"透明胶带弟弟不厌其烦地解释着，整个人好像变成了"记忆魔力"小老师。

"原来，这世界上真的有聪明药啊！"橡皮擦女孩这才恍然大悟。

妙的是直尺小子马上举一反三："那'字典老师我爱你'，是不是可以写成密码4.64520啊！"

"对哦！"所有文具精灵哄堂大笑，继续围着透明胶带弟弟，想要问出更多"聪明药"的消息。

这时,回形针小妹看见有本小册子从透明胶带弟弟的口袋里掉了出来,她趁大伙儿没注意,悄悄捡起来一看,发现上面盖着创意魔法学校图书馆的藏书章,书名写着:《极机密! 1000种魔法记忆力终极秘籍》。封面打开后,第一页写着:"捐书人:最聪明的书包校长。"

回形针小妹发现了天大的秘密,她似乎听到了书包校长爽朗的笑声:"呵呵呵!其实世界上根本就没有什么聪明药。多看书,勤牢记,有创意,这才是文具精灵的真正魔力啊!"

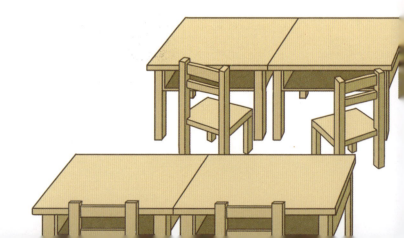

4 文具三结义的"超时空文具博物馆"历险记

自从透明胶带弟弟找到了《魔法记忆力终极秘籍》，变成记忆力天王后，创意魔法学校的文具精灵们全都迷上了去图书馆找书、借书和看书，他们都想和透明胶带弟弟一样，变得"一目十行，过目不忘"，把创意魔法记得滚瓜烂熟。

平时就迷迷糊糊的橡皮擦女孩也突然发愤图强，一下课就冲进图书馆借书、看书，放学后还留在图书馆晚自习，就连木头铅笔小子和卷笔刀人也啧啧称奇。

"橡皮擦女孩呢？不会又去图书馆了吧？"木头铅笔小子好不容易在图书馆的角落，找到了埋头苦读的橡皮擦女孩，她正在看一本书，书名是《魔法、ok、蹦蹦蹦！》。

"我说橡皮擦女孩,你也太用功了吧!我们今天不是约好了放学后要一起去'没功课森林'玩吗?"木头铅笔小子说。

"是啊!"跟在木头铅笔小子后面的卷笔刀人也好心提醒橡皮擦女孩,"字典老师说过:用功看书是好事,但也要让眼睛适度休息,像你这样从白天看到黑夜,很容易会变成近视眼哦!"

"啊——不会啦!"睡眼惺忪的橡皮擦女孩伸了个懒腰,张嘴打了一个好大的呵欠,"我只是有点困……"

橡皮擦女孩的话还没说完,就把手边的书本当作枕头,她的"大头"一碰到"枕头",就马上进入了梦乡。

才睡了不到三分钟,橡皮擦女孩突然觉得眼前闪过一道白光,光的尽头有一扇门。她感觉到木头铅笔小子拉着她的左手,卷笔刀人拉着她的右手，三个人拼命地冲向那扇神秘大门。

"大家千万别停下脚步，我们得快点儿离开这里，听说到了晚上十二点，魔法阅览室就会变成……"木头铅笔小子一边跑，一边喘气。

卷笔刀人紧张地边跑边问："变成什么？"

"变成鬼屋吗？我不要！我们先跑再说。"橡皮擦女孩边跑边跳，还紧张地抓着自己的头，搞得橡皮擦屑掉了满地。

三个人摸着黑连滚带爬，好不容易冲进那道有光的大门，突然"砰"一声，所有人都摔了个四脚朝天。

"哇！"大家好不容易站起来一看，这才发现他们闯进了一个灯火通明的超大房间，墙上挂着许多似曾相识的文具画像。

"哈！这张照片怎么那么像……留着胡子的不锈钢剪刀小子？"橡皮擦女孩笑了出来。

"你们看，这张照片里的奶奶，长得也很像字典老师的妈妈。"刚回过神的卷笔刀人也看得目不转睛。

"难道这里是传说中的超时空文具博物馆？"木头铅笔小子好像发现了什么。

木头铅笔小子的爸爸曾经告诉他，在创意魔法学校的校园里，有座不为人知的神秘博物馆，如果午夜十二点后还留在魔法阅览室里，就会被邀请到博物馆里一游。

没错！这里就是超时空文具博物馆。它不但保存着世界上最古老也最齐全的文具用品，更时常举办最新潮、最有创意的文具设计展。

正当他们东张西望，不知如何是好时，突然传来一个声音："各位来宾，我们的新文房四宝特展开幕记者会就要开始了，请大家移步博物馆大厅参加。"

"什么是新文房四宝？我只喝过八宝粥。"卷笔刀人一头雾水地问木头铅笔小子和橡皮擦女孩。

"八宝粥？你真是个贪吃鬼！文房四宝指的是我们的老祖先写字用的毛笔、墨条、宣纸和砚台，简称'笔墨纸砚'。"木头铅笔小子小心地压低音量说，"不过新文房四宝是什么东西，我就不知道了。"

"那我们快去看看！"橡皮擦女孩最好奇，她急忙拉着木头铅笔小子和卷笔刀人走上前去，想一探究竟。

"文具精灵三结义"三人悄悄躲在人群中不起眼的地方，只见讲台上有位西装笔挺，讲话中气十足的主持人，拿着麦克风滔滔不绝地说：

"哟！各位来宾，我是这间博物馆的馆长——万事通博士。明天就是新文房四宝特展的开幕日，先跟大家介绍这次展览的四位主角。"

这位戴着一副老花眼镜的馆长好活泼,木头铅笔小子简直不敢相信自己的眼睛:"这位馆长怎么长得……好像老了五十岁的书包校长?连讲话方式都一模一样!"

这时,突然从台下跳上了四位"外星人",大家一阵骚动,议论纷纷,万事通博士笑眯眯地为大家一一介绍:"各位,这就是本年度我们新选出来的新文房四宝，第一位是可以处理各种文字和数字功课的平板电脑同学，第二位是手指在上面滑一滑，就能上网查资料、玩游戏的智能手机人。"

平板电脑同学和智能手机人的屏幕都发出闪光，"电力充沛"地向大家挥手。

这时，躲在最后面的卷笔刀人跟橡皮擦女孩"咬耳朵"："铅笔盒老师上课时说过，这些都是未来最流行的科技文具精灵。"

"第三位是点一点就能在屏幕上写字和翻译语言的有声触控笔小子，第四位则是可以把数据带着走，什么都记得牢的U盘小妹，请大家为他们鼓掌。"万事通博士刚介绍完，两位同学就走上前向大家鞠躬。

万事通博士兴奋地提醒着："明天的新文房四宝特展消息，要靠大家宣传，请各位尽量用计算机网络、通信软件或是手机短信，把消息广泛地传出去,越多人知道越好。"

这时,木头铅笔小子突然听见一阵咳嗽声,他回头一看,只见有好几位文具老爷爷正在窃窃私语。

"咳咳!什么新文房四宝,我才不相信什么科技文具精灵呢!"

站在人群中最后一排白发苍苍的毛笔爷爷,正在对一旁的宣纸爷爷、墨条爷爷和砚台爷爷唉声叹气。

"想当年,人人都尊称我们是文房四宝,无论是写字、画画还是记事情都靠我们,现在老了怎么就被人说成不中用了呢?博物馆里都没有我们的专属房间可以展览……"毛笔爷爷既生气又无奈。

"时代不同了,现在大家都比较喜欢用科技文具。"一脸"惨白"的宣纸爷爷也跟着发牢骚,而墨条爷爷和砚台爷爷气得脸都"黑"了。

"那鹅毛笔、洋墨水和羊皮卷那些外国老朋友呢?"墨条爷爷问着。

砚台爷爷没好气地回答:"听说啊,他们的日子比我们还难过,没参加展览的,都被堆到仓库里面了。"

这时,大厅上的水银灯突然闪了几下,然后就"啪"的一声熄灭了。

"停电了!"万事通博士在台上大叫,"这下糟了!一停电,电脑不能用,信息发不出去,手机也打不通,明天展览开幕的消息要怎么通知大家啊?"

木头铅笔小子也开始紧张:"没错,没了电,新文房四宝根本就英雄无用武之地啊!"

万事通博士急得快要哭出来了,连台上的平板电脑同学、智能型手机人、有声触控笔小子和U盘小妹也都慌了手脚,脸上纷纷露出"哎哟喂呀!

我的电池快没电了……"的表情。

一阵混乱之后,只见毛笔爷爷气定神闲地点起蜡烛,向其他三位爷爷使了个眼色,四位文具老前辈默契十足地各就各位,大喊一声:"看我们的!"

不一会儿,墨条爷爷和砚台爷爷就找到了一些清水,他们飞快地合力磨好墨汁,宣纸爷爷再用"裁切魔法"把自己分身成一百张,接着毛笔爷爷把一头白发蘸满墨汁,眨眼间就在所有纸上写上漂亮的字:"文具大展千奇又百怪,文房四宝新旧加黑白,各位朋友明天都要来,都要来!"

"快!就是你,那个长得像铅笔的小朋友,快帮我把消息贴到村里的每个角落!"毛笔爷爷不由分说把写好的传单一股脑儿的都塞到木头铅笔小子手中。

"遵命!""文具精灵三结义"快步冲出博物馆,卖力地把一百张传单贴在村里各个角落,直

到夕阳西下,才终于完成毛笔爷爷交付的任务。

"太棒了!这下就算停电,大家也能知道展览的最新消息了!"卷笔刀人拍拍手。

"任务是成功完成了,可是……天黑了,我们要怎么找到回家的路啊!"木头铅笔小子担心地说。

"别担心,我有办法!"橡皮擦女孩突然灵机一动。

原来刚才闯进博物馆时,橡皮擦女孩一直都紧张到掉橡皮屑,现在正好可以循着刚才掉落的橡皮屑找到回家的路了。

"你常去图书馆看书,果然变聪明了。"木头铅笔小子对橡皮擦女孩竖起了大拇指。

正当"文具三结义"摸黑找路时,志得意满的橡皮擦女孩却一不小心踩了空,摔了个大跟头,当场眼冒金星,昏了过去。

"痛!"半梦半醒的橡皮擦女孩觉得头好晕,她好像听见有人在叫着自己的名字。

"橡皮擦女孩,醒醒,图书馆快关门了!"木头铅笔小子把橡皮擦女孩摇醒。她睁开眼睛,才发现那本《魔法、ok、蹦蹦蹦!》刚好压在自己的头上。

"你们……也回来啦?"

"从哪里回来?我们一直都坐在你旁边等你睡醒啊!"

橡皮擦女孩这才恍然大悟,原来自己是在梦中去了一趟超时空文具博物馆。这趟梦中之旅让她发现,每个文具精灵都有自己的"独门绝招",有的"宝刀未老",有的"推陈出新",只要能发挥特色,取长补短,大家都是好文具。

想到这里,橡皮擦女孩笑了起来。

"走,我们回家吧!"她收拾好东西,跟木头铅笔小子和卷笔刀人一起走出了图书馆。

5 三角板兄弟想找新朋友

好开心啊！创意魔法学校每个学期最受欢迎的"找一找魔法"校外教学活动，终于要来临了。

所有文具精灵都兴奋得整夜睡不着觉，很怕一不小心睡过头，错过了一大早的出发时间。

校外教学活动那一天，天才蒙蒙亮，木头铅笔小子就"砰"地从床上跳起来，兴冲冲地准备冲出家门去学校。

"儿子！不要急，别忘了带点心盒啊！"木头铅笔妈妈在后面追着他跑。

"谢谢妈妈，我差点儿忘了！"木头铅笔小子接过点心盒，以百米赛跑的速度向学校跑去。

校门口，已经有好多同学在集合了，大家你一言，我一语地讨论着今天的行程，好不热闹。

"大家早安！哇，我们学校这么多人，游览车坐得下吗？"木头铅笔小子惊呼。

好多同学今天也是第一次参加校外教学活动，比如：这学期来做交换生的风云人物——"吸引力十足"的磁铁贵公子，还有记忆力变得超强的透明胶带弟弟。他正默默地和三秒胶哥哥一起做着"考前猜题"，想预测今天的"找一找魔法"题目到底是什么。

"咦？你看，那两个头尖尖的男生是谁？"橡

皮擦女孩好奇地问一旁的圆规妹妹。

"我也没见过。"圆规妹妹也看到校门口出现了两张陌生的脸孔,原来他们是第一次参加创意魔法学校校外教学活动的三角板兄弟。

"奇怪,他们是从哪儿来的?"直尺小子看到他们也觉得似曾相识。

"不好意思,我们快迟到了,借过一下!"天生"有棱有角"的三角板兄弟想要快点儿加入队伍,却没注意到他们尖尖的角差点儿戳到旁边的同学。

"哇!有两只三角龙从侏罗纪公园跑出来了,我们快逃!"号称"着色三剑客"的彩色笔人、蜡笔人和荧光笔人,一看到横冲直撞的三角板兄弟,马上就退避三舍。

"好痛,离我远一点!"彩纸妹妹最怕受伤了,她害怕一不小心被三角板兄弟尖锐的角撞到,一定会痛个三天三夜。

"各位同学不要吵,保持安静才能体现出文具精灵的良好风度!"今天负责带队的是字典老师,她手上拿了一打不知道写着什么的卡片,招呼所有文具精灵排队上车。

笑容可掬的书包校长站在校门口,亲切地跟大家打招呼:"哟!文具精灵同学们请排好队,准备上车。祝大家今天玩得愉快,一路顺风!"

"谢谢校长,我们出发!"文具精灵们顽皮地对校长做鬼脸,准备前往今天的目的地"找一找游乐园"。

大家一边开开心心地拍手唱歌,一边看着沿途的风景。只有新来的三角板兄弟,一言不发地坐在最后一排的座位上,偷偷地观察其他文具精灵同学在做什么。

原来三角板兄弟住在非常遥远的"一板一眼"城,什么样的数学习题都难不倒他们。而兄弟俩的爸爸大三角板教授是书包校长的老同学,他听说创意魔法学校办得有声有色,所以先让三角板兄弟来参加校外教学活动,如果玩得开心,再转学来这里。

平时讲话总是有"三"个重点的大三角板爸爸,已经跟三角板兄弟分析过:"听说这所学校办得不错。第一,它是专门为我们文具精灵创办的学校；第二，在这里可以认识很多身怀绝技的文具新同学；第三，第三是……"

脸型长得和大三角板爸爸一模一样，两颊一边长，一边短的直角三角板大哥急忙问："那创意魔法学校有没有营养午餐提供呢？"

"对对对，忘了说，第三就是他们的营养午餐特别好吃。总之，你们要用功学习。"大三角板爸爸拍了拍自己的"直角头"大笑。

站在旁边的大三角板妈妈，也开心地说："我也听说那的书包校长很有爱心，俗话说得好，爱变魔法的文具不会变坏，你们在那里学会魔法后，将来就可以帮助更多小朋友做好功课了！"

等腰三角板小弟长得像妈妈，脸型较短，两颊一样长。他自信满满地点头："妈妈，您放心，我们一定会好好为三角板家族争气的！"

今天一到创意魔法学校，看到这么多的文具

精灵，三角板兄弟简直不敢相信自己的眼睛，尤其是直角三角板大哥，他觉得所有同学都长得赏心悦目，比他们好看多了！

像"笔一笔"班的木头铅笔小子和水彩笔哥哥，还有"分得开"班的不锈钢剪刀小子与美工刀人，这些同学的身材都细细长长，看起来苗条又有型。而"爱整洁"班的橡皮擦女孩、修正液同学，以及"在一起"班的三秒胶哥哥和胶棒小美女，甚至是"轻飘飘"班的彩纸妹妹和书皮纸同学，不是长得小小圆圆，就是长得美丽、帅气。不像他和弟弟，长着三个尖尖的角，一不小心就会"戳"到同学。

三角板弟弟一直不喜欢自己的三角脸，他小声地和大哥说："对啊！谁叫我们跟大家都长得不太一样，而且也没有机会介绍自己，我们好可怜哦。"

没错！文具精灵都兴奋地活蹦乱跳，忽略了

这两位新同学的加入。正当三角板兄弟无聊地摸着自己的三角头时,字典老师开口了:

"各位精灵同学,今天的校外教学活动,我们来玩一个'找找新朋友'的游戏!"

"找找新朋友?"文具精灵们议论纷纷。字典老师把手中的题卡发给所有同学,连三角板兄弟也都拿到了。

字典老师宣布:"今天,各位同学的任务,就是在'找一找游乐园'中找出和自己手中题卡上形状相似的宝物,然后把它们记下来,越多越好,谁写的答案最多,谁就是冠军!"

"哇,这个题目好难!"圆规妹妹一打开手中的题卡,马上就皱起眉头。

木头铅笔小子也连忙打开题卡:"我的题目也不容易!"

直尺小子转过头,不小心偷看到木头铅笔小子的题卡:"你的题目怎么……跟我的一样?"

圆规妹妹也忍不住凑过去,看到直尺小子的题卡,她像是突然发现了什么,露出一抹微笑。

"嘘……大家坐好,不要说出自己的题目!"字典老师提醒大家说。

三角板兄弟拿到了题卡,直角三角板大哥的题卡上画着一个胖胖的圆形,而等腰三角板小弟的题卡上画着一个瘦瘦的长方形。

"唉,我就说吧!大家都喜欢胖嘟嘟的圆形,连出题目都出圆形……"直角三角板大哥叹了一口气,问弟弟,"你拿到的是什么形状?"

"奇怪,我的题目跟你不一样,是长方形!"天真的等腰三角板小弟帮哥哥打气,"不过,你不觉得和圆形、长方形长得相似的宝物比较容易找到吗?"

"也对!"原本无精打采的直角三角板大哥一听,觉得很有道理,于是他打起了精神,开始在心中计划,待会儿到"找一找游乐园"里要怎么完成任务。

游览车翻过一座山,再越过一条河,左转五次再右转八回,终于到了"找一找游乐园"。

"比赛时间是一个小时,大家要记得在中午十二点到现在的地点集合。"一下车,字典老师立刻提醒所有同学,然后说,"现在老师宣布——比赛正式开始!"

充满期待又喜欢作怪的文具精灵们,马上就大喊一声:"解散!"

"找一找游乐园"里有趣的玩意儿真是五花八

门。不但有水族馆、无重力飞车，还有令人垂涎三尺的美食街，但文具精灵们可一点儿也没松懈，大家边逛边找宝物，并记录下答案。

荧光笔人一直站在水族箱旁边，他看着里面

五彩缤纷的热带鱼,忽然像发现新大陆似的,快速画下找到的答案;长尾夹妹妹站在乐器行前若有所思;木头铅笔小子拉着橡皮擦女孩一起坐上和天一样高的云端摩天轮,试着从空中观察地面,看能不能找到更多答案;三角板兄弟则在美食街吃了不少美味小吃,边吃边写下答案。

直角三角板大哥画了个又大又圆的披萨,等腰三角板小弟画了一张长方形的芝麻烧饼。

很快,集合的时间到了,所有文具精灵都回到"找一找游乐园"的大门口集合,大家在草地上围成一大圈。

"各位同学,我们来公布一下'找找新朋友'的答案吧!"字典老师看着一旁的三角板兄弟,嘴角扬起一抹微笑。

"我先!我先!"荧光笔人抢先公布答案,"我画的是一条跟我颜色一样的三角形黄色热带鱼。"

长尾夹妹妹也急忙亮出自己的成果:"我找到的宝物是可以敲出美妙音乐的三角铁。"

三角板兄弟突然发现四周出现了这么多自己的"魔法分身",惊讶得张大嘴巴,原来"三角形

家族"有这么多的宝物啊!

图画纸大哥展示了彩色笔人画在自己身上的答案:"你们看,还有三角饭团、三角架、三角巾、三角锥、三角积木……"

"怎么每个人的题目都是三角形啊?"正当大家一片惊讶时,突然听见字典老师大声宣布:"现在,让我们一起热烈欢迎三角板兄弟,希望他们能加入我们创意魔法学校的行列!"

这时,所有文具精灵才恍然大悟,原来这次校外教学活动的"找一找魔法"比赛,是字典老师精心设计的,她希望所有文具精灵都能在比赛中好好认识三角板兄弟,让他们愿意加入创意魔法学校这个大家庭。

字典老师又强调:"大家可别小看三角板兄弟,以后我们做数学题时,测量面积、高度,画出不同角度,都要靠他们的魔法来帮忙呢!"

文具精灵们听了字典老师的话,都围着三角板兄弟,好奇地摸摸他们的"三角头"。

三角板兄弟觉得自己终于"出人头地"了,

他们当场决定要来创意魔法学校上学，加入"守规矩"班，当圆规妹妹和直尺小子的好同学。

圆规妹妹捡起直角三角板大哥画的那一张不是很圆的披萨，很认真地对他说："下次我们一起合作，画出一块切好的披萨。我来画圆，你来帮我分成六等分，好不好？"

直尺小子也拍拍三角板小弟的头说："你画的长方形烧饼看起来很好吃，教教我！"

原来，这次举办"找一找魔法"校外教学活动，就是为了欢迎三角板兄弟。创意魔法学校连"迎新"的方式都这么别出心裁，难怪大家都想转学来创意魔法学校了！

6 什么！字典老师要离开创意魔法学校了？

时光飞逝，"文具什么东东"村一年一度的"不简单杯超级剪纸大赛"又要来临了，为了代表创意魔法学校参加这场比赛，不锈钢剪刀小子早就

开始"磨刀霍霍",准备和彩纸妹妹携手合作,一举拿下冠军。

不锈钢剪刀小子虽然胸怀大志,但他的毛病就是做事常常"三分钟热度",刚和彩纸妹妹练习剪了几个纸花,就嚷嚷着要休息。

"好累呀,我剪得好辛苦!"不锈钢剪刀小子才练习了三分钟,就自顾自地开始按摩自己酸痛的"剪刀关节"。他今天的课题,是在彩纸妹妹身上剪出漂亮的汉字。

"哎呀,你别偷懒又抱怨了,你知道去年的冠军是'文具什么东东'村最厉害的'无敌花式剪刀人'吗?我听说这次他可是胸有成竹,想要卫冕成功,所以我们绝对不能轻敌啊!"头发被剪了一半的彩纸妹妹担心地皱起眉头。

"你说的是没错,"不锈钢剪刀小子伸了个懒腰,"不过我们还没想出创意自选项目要剪些什么,急也没有用啊!"

"不如这样,我们去找字典老师当我们的指导老师,也许能想出新的创意。"彩纸妹妹灵机一动。

不锈钢剪刀小子一听,立刻跳了起来:"好啊!这主意太棒了,我现在马上就去找字典老师帮忙。"

他三步并作两步冲出教室,却没注意到彩纸妹妹正捂着嘴偷笑:"我就知道这招有效,不锈钢剪刀小子最喜欢字典老师了,老师说的话,他一定会听进去的!"

不锈钢剪刀小子刚跑到教师休息室门口,就听到里面传来字典老师和铅笔盒老师说话的声音。隔着一道门,他听见字典老师欲言又止,隔了一会儿才说:"那……下个月起,这些孩子就要多多麻烦你了。"

"你放心,我会好好照顾他们的。"铅笔盒老

师回答的语气也很伤感。

好奇的不锈钢剪刀小子突然觉得事情好像不太对劲。

"谢谢你,我离开之后,会常常打电话回来问候你们的。"字典老师似乎在啜泣。

"你不要哭了。"铅笔盒老师无奈地说,"俗话说得好,天下没有不散的筵席啊!"

"什么！字典老师居然要离开创意魔法学校了？"不锈钢剪刀小子简直不敢相信自己的耳朵，一向冲动又不安分的他最喜欢字典老师了，要不是字典老师一直包容他，他还不知道会闯出多少祸来呢！

于是，这个由不锈钢剪刀小子不小心偷听来的消息，很快就传遍各班，大家都惊讶不已。更离谱的是这个传言出现了许多不一样的版本。

"你知道吗？字典老师要远渡重洋出国念书，所以要离开创意魔法学校了。"消息传到"守规矩"班时，直尺小子跟圆规妹妹是这么说的。

"我告诉你，字典老师已经和男朋友谈婚论嫁了，所以要离开创意魔法学校。"消息传到"轻飘飘"班时，彩纸妹妹跟厚纸板姐姐是这么说的。

"我猜字典老师一定是被不锈钢剪刀小子气到七窍生烟，才要离开创意魔法学校。"消息传到

"笔一笔"班时,木头铅笔小子和红色圆珠笔同学这样说。

"听说字典老师生病了,要好好休养,所以才要离开创意魔法学校。"消息传到"爱整洁"班时,橡皮擦女孩和修正带同学是这么说的。

更夸张的是"分得开"班来自不锈钢剪刀小子跟美工刀人的"二手消息":"我判断,字典老师绝对是被重金挖角,打算去别的学校教书,所以才离开我们的!"不锈钢剪刀小子用他一贯"斩钉截铁"的语气说。

不管哪一个版本是真的,所有文具精灵都很意外,大家都被这个突如其来的消息吓到了。

放学后,文具精灵们都在讨论这个令人难过的消息。

"都是你,平常不听字典老师的话,害得她不想待在这里了。"圆规妹妹叉着腰,指着不锈钢剪刀小子说。

"才……才不是呢!"不锈钢剪刀小子急忙为自己辩解。虽然字典老师常常纠正他的坏毛病,但他对字典老师可是心服口服。

这时,心地善良、人缘超棒的彩纸妹妹提议:"大家都别吵了!不如我们帮字典老师办一个欢送会吧!"

"我赞成!"不锈钢剪刀小子马上举起两只"剪刀手",咔嚓咔嚓地挥舞着说,"字典老师这么好,我们要让她记住创意魔法学校这群可爱的文具精灵!"

"是啊,都是因为字典老师上次的帮忙,我们才会这么快融入这个大家庭啊!"上个月刚转学到"守规矩"班的三角板兄弟满心感激地说。

活泼的橡皮擦女孩举手说:"我可以表演唱歌给老师听!"

圆规妹妹和长尾夹妹妹也不甘示弱地说："我们可以跳最新设计的舞蹈给老师欣赏！"

其他同学都愿意来帮忙布置会场，还要邀请书包校长和铅笔盒老师一起来参加欢送会，希望给字典老师留下一个难忘的回忆。

这场 离情依依，会让所有人哭得稀里哗啦的欢送派对，决定第二天放学后在"大大大大大礼堂"举行。不锈钢剪刀小子和彩纸妹妹负责去邀

请字典老师参加。

"你们这群顽皮的精灵又在搞什么神秘活动?"橡皮筋女孩拉着一头雾水的书包校长,不由分说地"恭请"他到礼堂就座。

书包校长看看身边先进场的铅笔盒老师,他也是一副"如坠五里雾中"的模样,对书包校长两手一摊,说:"您别问我,我还想问您呢!"

这时,场内突然爆发出一阵如雷的掌声,原来是不锈钢剪刀小子和彩纸妹妹牵着今天派对的女主角——字典老师,踏着优美的步伐走到礼堂中央来了。

字典老师一脸惊讶地说:"咦?这个月学校的生日庆祝会提前举办了吗?我怎么不知道?"

这时,派对主持人彩纸妹妹对不锈钢剪刀小子使了个眼色,让他拉起帷幕……

"哇!是创意魔校四重唱!"舞台上站着四位

文具精灵,橡皮擦女孩领唱,卷笔刀人、美工刀人和便利贴小子三个男生帮忙合声。

"感恩的心,感谢有您,伴我一生,让我有勇气做我自己……"文具精灵们人手一支粉红色玫瑰花,一边齐唱着这首旋律优美的《感恩的心》,一边轮流给字典老师献花。

"字典老师,谢谢您教会我们这么多美妙的魔法,还有很多做人的道理……"主持人彩纸妹妹语气有点儿哽咽。

"谢谢……谢谢大家!但这究竟是怎么回事啊?"字典老师瞪大了眼睛,她被文具精灵们突如其来的举动吓了一跳。

已经泪眼汪汪的不锈钢剪刀小子,激动地一把抱住字典老师说:"老师,我们都知道您要离开创意魔法学校了,我们都好舍不得!"

话才说完,书包校长和铅笔盒老师同时惊讶得差点儿从椅子上跳了起来:"字典老师要离开了?我们怎么不知道?"

他们目瞪口呆地看着字典老师,没想到字典老师也蒙了:"我……我要离开创意魔法学校?怎么连我自己也不知道啊?"

主持人彩纸妹妹和文具精灵们哭成一团:"字典老师,不要再瞒着我们了。昨天,您不是在办公室跟铅笔盒老师说您要离开我们,还请他好好照顾所有同学吗?"

"对啊!"不锈钢剪刀小子马上接话,"铅笔盒老师也说我从来没有吃不完的酒席……哦,不对,是天下没有不散的筵席。"

"原来如此!"字典老师终于恍然大悟,她急忙解释说,"这误会可大了,大家先听老师解释一下,我并没有要离开创意魔法学校,因为……"

没想到,铅笔盒老师比字典老师更紧张,他赶紧冲上前去,把彩纸妹妹手中的麦克风一把抓过来,大喊:"那是因为我和字典老师下个月要去校外参加'鲜师杯'话剧比赛,我们是在排练剧本,背台词。"

"那……昨天是谁说字典老师要离开创意魔法学校的？"

所有文具精灵的目光都不约而同地看向不锈钢剪刀小子。

"我、是我！对不起大家。我只是听了两位老师对话的前半段，就急着回来告诉大家了！"知道自己"道听途说"的不锈钢剪刀小子连忙辩解。

圆规妹妹不以为然地对大家说："唉！大家还不是越讲越离谱，有人说字典老师要离开是为了要出国念书、回家养病，还有人说……她准备结婚！"

字典老师一听，脸红得像苹果一样："我要结婚？这是谁说的？派对结束后来老师休息室找我解释清楚！"

"哈哈哈哈！"文具精灵们哄堂大笑，原以为会让大家泪眼婆娑的欢送派对，马上变成了笑逐颜开的庆祝派对，理由是庆祝字典老师继续留在创意魔法学校。

　　书包校长心里的石头落了地:"我说各位文具精灵,以后凡事都要先听清楚,千万不要以讹传讹呀!"

　　"什么是'以鹅传鹅'啊?"不锈钢剪刀小子举起一双"剪刀手"发问。

　　"书包校长,我们又不是呆头鹅!"彩纸妹妹大叫。

　　"什么!谁说我们是呆头鹅?"文具精灵们都转过头来抗议。

　　"我的天,又来了!"书包校长挠挠头,原来要文具精灵们学会把意思表达清楚,也像"大大大大大礼堂"一样,是一门好大好大的学问啊!

好用成语、词语秘籍

◆**朝气蓬勃**　10页
解释 | 形容一个人精神振作，精力旺盛的样子。
本书用法 | 形容文具精灵精神饱满，准时参加晨会的模样。

◆**走路有风**　10页
解释 | 形容一个人很得意，连走路的样子都很神气。
本书用法 | 描述最早到校的圆规妹妹很得意，精神饱满的神情。

◆**和蔼可亲**　10页
解释 | 形容一个人态度温和又容易让人亲近。
本书用法 | 形容书包校长和大家打招呼的神情。

◆**精神抖擞**　10页
解释 | 形容一个人精神饱满又活泼。
本书用法 | 形容书包校长在晨会时活力充沛的模样。

◆**鱼贯**　11页
解释 | 像水中的鱼儿一样，一条接着一条游动，形容依序行进。
本书用法 | 形容朝会时各个班级按顺序走进操场的模样。

◆**闷头闷脑**　11页
解释 | 不声不响地做某事。
本书用法 | 描述彩纸妹妹连想都不想，直接向"守规矩"班冲去。

◆**睡眼惺忪**　11页
解释 | 刚睡醒，神智模糊，眼神迷茫的样子。
本书用法 | 描述彩纸妹妹迟到又无精打采的模样。

◆**英雄救美**　15页
解释 | 才能出众或体力过人的男生，出手救助处于危难的女生。
本书用法 | 形容许多文具精灵男同学，都想营救被风吹走的彩纸妹妹。

◆**不遑多让**　15页
解释 | 跟对手比起来毫不逊色，一样都很厉害。
本书用法 | 描述木头铅笔小子也和其他男同学一样，想要救彩纸妹妹。

◆**气喘如牛**　15页
解释 | 形容呼吸急促，像牛一样大声喘气的样子。
本书用法 | 描述书包校长跑得气呼呼的模样。

104　角色设计卷：超时空博物馆历险记

◆ 弱不禁风　16 页
解释｜虚弱得无法承受风吹，形容身体极为虚弱。
本书用法｜描述便利贴小子觉得彩纸妹妹身体不好。

◆ 拐弯抹角　16 页
解释｜比喻说话或做事不直接。
本书用法｜形容回形针小妹讲话方式和她的长相一样弯来弯去，很不直接。

◆ 风言风语　16 页
解释｜没有根据的传说或谣言。
本书用法｜描述厚纸板姐姐警告大家，不要乱猜彩纸妹妹被风吹走的原因。

◆ 小心翼翼　19 页
解释｜非常谨慎，不敢疏忽大意。
本书用法｜描述书包校长爬下聊天树的模样。

◆ 议论纷纷　19 页
解释｜所有人不停地揣测、议论。
本书用法｜描述所有精灵同学都在猜测书包校长想要做什么。

◆ 手忙脚乱　21 页
解释｜形容做事慌乱，失去原有的条理与步骤。
本书用法｜形容书包校长扮演的"阿饥师"做早餐时慌乱的模样。

◆ 食指大动　22 页
解释｜指有美味的东西可以吃，或面对美食时食欲大开。
本书用法｜形容文具精灵看到美食很动心。

◆ 一扫而空　25 页
解释｜清除得干干净净，一点儿都不剩。
本书用法｜形容书包校长做的早餐被吃光光。

◆ 交头接耳　26 页
解释｜讲话时彼此靠近，不让别人听到对话，形容低声地说悄悄话。
本书用法｜形容文具精灵彼此打探新同学的消息。

◆ 万人迷　26 页
解释｜形容极度受人欢迎的人，许多人都会为他着迷。
本书用法｜描述直尺小子在猜测新同学的绰号。

好用成语、词语秘籍

◆ **赞不绝口**　27 页
解释 | 口中不停地称赞某人、事或物非常好。
本书用法 | 描述精灵同学们对新同学的好奇与赞赏。

◆ **赏了一记白眼**　27 页
解释 | 翻白眼，表示讨厌、轻视或不以为然。
本书用法 | 描述不锈钢剪刀小子对便利贴小子回答的反应。

◆ **船到桥头自然直**　27 页
解释 | 指事情到最后关头总会有解决的办法。
本书用法 | 描述木头铅笔小子让大家顺其自然，不要胡乱猜测。

◆ **不疾不徐**　28 页
解释 | 不快不慢，能掌握事情进展的适当节奏。
本书用法 | 形容磁铁贵公子优雅走路的模样。

◆ **动弹不得**　30 页
解释 | 完全无法前进、后退或自由的活动。
本书用法 | 形容磁铁贵公子把同学们都"吸"到身上，自己也无法动弹。

◆ **蜂拥而上**　30 页
解释 | 比喻一群人如蜜蜂般拥挤着上来。
本书用法 | 形容有"铁质"的精灵同学们，被磁铁贵公子全部吸到身上。

◆ **毫无招架之力**　30 页
解释 | 对于对手的进攻或计策，完全没有抵挡或解决的能力或力量。
本书用法 | 形容磁铁贵公子无法抗拒同学贴附在他身上。

◆ **不折不扣**　30 页
解释 | 一点儿都不打折扣，表示完全，彻底，十足。
本书用法 | 指磁铁贵公子的超强魅力十足。

◆ **无精打采**　31 页
解释 | 懒洋洋的，没什么精神，提不起劲的样子。
本书用法 | 形容磁铁贵公子被粉丝追着跑而疲倦不已的模样。

◆ **灵光一闪**　32 页
解释 | 心思忽然有所领悟，突然想到什么好点子。
本书用法 | 描述木头铅笔小子突然想到可以找指南针伯伯帮忙。

◆ 碍手碍脚　37 页
解释｜妨碍别人做事让人不方便。
本书用法｜描述磁铁贵公子怕去吃西餐的原因。

◆ 寸步难行　37 页
解释｜连一小步都前进不了。形容行走困难，或比喻处境十分艰难。
本书用法｜描述磁铁贵公子走路时，要避开铁制井盖的原因。

◆ 东倒西歪　40 页
解释｜形容行走、坐立时身体歪斜或摇摇晃晃快要倒下来的样子。
本书用法｜描述文具精灵跌倒时的模样。

◆ 会心一笑　40 页
解释｜因了解彼此心意而露出笑容。以笑容代替言语，不必说破。
本书用法｜描述大家想带磁铁贵公子去吃铁板烧的默契。

◆ 鸦雀无声　42 页
解释｜形容非常安静，没有一点儿声音。
本书用法｜指创意魔法学校突然变得安静。

◆ 手舞足蹈　43 页
解释｜手、脚舞动跳跃，形容非常高兴的样子。
本书用法｜形容精灵同学得知要玩大风吹游戏时的开心模样。

◆ 愁眉苦脸　45 页
解释｜眉头紧皱，哭丧着脸。形容忧伤或愁苦的神色。
本书用法｜描述透明胶带弟弟忘了带便当袋的懊恼模样。

◆ 欢声雷动　45 页
解释｜欢呼的声音像雷声一样大，形容热烈欢乐的场面。
本书用法｜形容精灵同学们对比赛结果的激烈反应。

◆ 好糗　46 页
解释｜形容当场出丑，不知所措。
本书用法｜形容透明胶带弟弟被不锈钢剪刀小子嘲笑，觉得不好意思。

◆ 凑热闹　47 页
解释｜参加热闹的事情，或形容跑来给别人添麻烦。
本书用法｜描述橡皮擦女孩和卷笔刀人一起加入讨论。

✦ 没好气　47 页
解释 | 一副不耐烦或不高兴的样子。
本书用法 | 形容不锈钢剪刀小子批评聪明药没有用的口气。

✦ 少壮不努力，老大徒伤悲　47 页
解释 | 年轻力壮时不奋发向上，年纪大了便追悔莫及。
本书用法 | 精灵同学们纠正美工刀人用错谚语。

✦ 勤能补拙　48 页
解释 | 勤奋努力能弥补天资不足。
本书用法 | 精灵同学们纠正透明胶带弟弟用错成语。

✦ 临时抱佛脚　49 页
解释 | 比喻平时不准备，事到临头才赶紧设法补救。
本书用法 | 描述圆规妹妹认为透明胶带弟弟考试前才开始用功。

✦ 铁口直断　49 页
解释 | 形容口气坚定，或是论断精确的样子。
本书用法 | 指圆规妹妹坚信自己的看法是正确的。

✦ 脱胎换骨　49 页
解释 | 原指修炼得道，脱换凡人胎骨成仙。后比喻做出彻底的改变。
本书用法 | 指直尺小子不相信透明胶带弟弟能马上改变糊涂的个性。

✦ 志在必得　50 页
解释 | 形容极有信心取得胜利或完成目标。
本书用法 | 描述所有精灵同学都想赢得比赛。

✦ 炯炯有神　50 页
解释 | 形容目光明亮又有精神。
本书用法 | 形容透明胶带弟弟目光明亮有神，很有干劲的样子。

✦ 胸有成竹　50 页
解释 | 画竹之前，心中已有竹子的完整形象。形容对事物很有把握。
本书用法 | 形容透明胶带弟弟很有自信地来参加比赛。

✦ 事半功倍　54 页
解释 | 比喻费的力气很少但获得的效果很多。
本书用法 | 描述精灵同学们觉得谐音记忆法的效果不错。

♦ 举一反三　55 页
解释｜指举一个例子，就能明白其他相似的事物。
本书用法｜形容直尺小子听完透明胶带弟弟的说明，自己也编出了记忆密码。

♦ 哄堂大笑　55 页
解释｜形容众人同时大笑。
本书用法｜描述所有精灵同学对于直尺小子所说的密码的反应。

♦ 一目十行，过目不忘　58 页
解释｜阅读速度很快，看过的内容都不会忘记，形容记忆力惊人。
本书用法｜形容透明胶带弟弟的记忆力非常好。

♦ 滚瓜烂熟　58 页
解释｜形容像是熟透的瓜滚落在地上，比喻做某事的技术极为纯熟。
本书用法｜形容精灵同学也想精通记忆魔法。

♦ 发愤图强　58 页
解释｜下定决心，努力进取，变得强大。
本书用法｜描述橡皮擦女孩开始很努力地用功读书。

♦ 啧啧称奇　58 页
解释｜咂嘴连连发出声音，表示惊奇、赞叹。
本书用法｜描述木头铅笔小子和卷笔刀人都对橡皮擦女孩这么用功感到惊讶。

♦ 目不转睛　62 页
解释｜眼睛动也不动。形容凝神注视的样子。
本书用法｜形容卷笔刀人观看照片时的专心模样。

♦ 滔滔不绝　63 页
解释｜形容说话连续而不间断，能言善辩的样子。
本书用法｜描述主持人万事通博士讲话时的模样。

♦ 不中用　66 页
解释｜东西不好用或没有用。
本书用法｜文具老爷爷们描述别人对自己的评语。

♦ 英雄无用武之地　67 页
解释｜形容一个人虽有许多才能，却苦于没有施展的机会。
本书用法｜形容"新文房四宝"一停电就无法使用了。

◆ 气定神闲　68 页
解释｜形容一个人的神态安详闲适，不疾不徐。
本书用法｜形容毛笔爷爷处理危机时的模样。

◆ 志得意满　70 页
解释｜形容又得意又满足的样子。
本书用法｜形容橡皮擦女孩被夸奖后的模样。

◆ 恍然大悟　71 页
解释｜心里忽然明白。
本书用法｜描述橡皮擦女孩突然想通了事情的真相。

◆ 独门绝招　71 页
解释｜拥有专门、特殊的，别人不会的方法或技巧。
本书用法｜描述每个文具精灵都有独特的魔法功能。

◆ 宝刀未老　71 页
解释｜比喻人的功夫或技能不因年纪大而衰退。
本书用法｜形容传统文具魔法的功能不会落伍过时。

◆ 推陈出新　71 页
解释｜改掉老旧的，并创造出新的事物或方法。
本书用法｜描述新的文具魔法功能不断演进。

◆ 你一言，我一语　72 页
解释｜众人各抒己见，进行热烈的讨论或争辩。
本书用法｜指文具精灵们开心地讨论校外教学活动的行程。

◆ 风云人物　73 页
解释｜有才气或行事特殊，受到大家瞩目的人物。
本书用法｜指受到大家欢迎的磁铁贵公子。

◆ 似曾相识　74 页
解释｜对所见到的人、事、物感到有点熟悉，却又想不起在哪见过。
本书用法｜描述直尺小子对三角板兄弟的第一印象。

◆ 有棱有角　74 页
解释｜比喻为人相当有主见，有很强烈的个人色彩。
本书用法｜描述三角板兄弟的特殊长相和个性。

✦ 横冲直撞　74 页
解释｜胡乱地四处乱撞。
本书用法｜形容三角板兄弟粗鲁的动作。

✦ 退避三舍　74 页
解释｜碰到强劲的对手，为了避免正面冲突造成太多折损，先主动让步，不与人争。
本书用法｜指"着色三剑客"害怕被三角板兄弟撞到，先退一步再说的样子。

✦ 一路顺风　75 页
解释｜一路平安。多用于祝福出外旅行或工作的人。
本书用法｜指书包校长祝福大家参加校外教学活动顺利平安。

✦ 有声有色　76 页
解释｜形容做事或表现淋漓尽致，声色俱佳。
本书用法｜形容三角板兄弟的爸爸"大三角板"对创意魔法学校的评价。

✦ 垂涎三尺　83 页
解释｜口水流下三尺长。形容看到美食非常想吃或看见别人的东西极想据为己有。
本书用法｜形容美食街上有很多让人食指大动的美食。

✦ 发现新大陆　84 页
解释｜比喻发现新奇的事物、地方或是境界。
本书用法｜形容荧光笔人在水族箱旁发现答案。

✦ 若有所思　84 页
解释｜发着呆又不说话，好像在想些什么似的。
本书用法｜形容长尾夹妹妹思考的模样。

✦ 出人头地　88 页
解释｜多用来指人的前途或成就高别人一等。
本书用法｜描述三角板兄弟觉得自己被文具精灵同学们接受的心情。

◆ **时光飞逝** 90 页
解释 | 形容时间过得很快。
本书用法 | 指一年一度的"剪纸大赛"很快又要来临了。

◆ **磨刀霍霍** 91 页
解释 | 形容准备动刀杀人，或开始攻击敌手。
本书用法 | 形容不锈钢剪刀小子开始准备比赛，很有把握的模样。

◆ **胸怀大志** 91 页
解释 | 拥有远大的抱负和志向。
本书用法 | 形容不锈钢剪刀小子想得冠军的心情。

◆ **三分钟热度** 91 页
解释 | 指做事情没有恒心和毅力，没多久就放弃了。
本书用法 | 指不锈钢剪刀小子做事很容易就放弃。

◆ **灵机一动** 92 页
解释 | 形容灵敏机智，突然想出办法或主意。
本书用法 | 指彩纸妹妹突然想到找字典老师担任指导老师。

◆ **三步并作两步** 92 页
解释 | 形容急急忙忙的样子。
本书用法 | 指不锈钢剪刀小子急着要找字典老师的样子。

◆ **欲言又止** 92 页
解释 | 吞吞吐吐，想说却又不说。
本书用法 | 指不锈钢小子听字典老师说话断断续续的。

◆ **天下没有不散的筵席** 93 页
解释 | 比喻世事无常，有聚必有散，分离是不可避免的。
本书用法 | 指铅笔盒老师安慰字典老师的话。

◆ **谈婚论嫁** 94 页
解释 | 情侣双方交往，到达谈论婚事的阶段。
本书用法 | 指创意魔校兴起的传言中，字典老师要结婚了。

◆ **七窍生烟** 94 页
解释 | 眼耳鼻口都冒出火来，形容十分愤怒。
本书用法 | 指木头铅笔小子认为字典老师是被不锈钢剪刀小子气跑的。

♦ 斩钉截铁　95 页
解释｜形容说话办事坚决果断，毫不犹豫的样子。
本书用法｜指不锈钢小子说话十分肯定的语气。

♦ 心服口服　96 页
解释｜形容非常服气。
本书用法｜描述不锈钢剪刀小子对字典老师的教导很服气。

♦ 离情依依　97 页
解释｜形容离别时难分难舍的情景。
本书用法｜形容欢送派对中，大家都舍不得字典老师离校的心情。

♦ 一头雾水　98 页
解释｜比喻头脑里朦胧一片，搞不清楚状况。
本书用法｜形容书包校长搞不清楚为什么会有欢送派对。

♦ 不由分说　98 页
解释｜不容许分辩和解释。
本书用法｜指书包校长不知理由，就被橡皮擦女孩拉来参加派对。

♦ 如坠五里雾中　98 页
解释｜比喻陷入一片混沌的境地，令人摸不着头绪。
本书用法｜形容铅笔盒老师也搞不清楚状况的模样。

♦ 目瞪口呆　100 页
解释｜因为惊吓而愣住的样子。
本书用法｜指书包校长和铅笔盒老师看着字典老师的神情呆呆。

♦ 道听途说　102 页
解释｜从路上听来的传说，指没经过证实、缺乏根据的话。
本书用法｜指不锈钢剪刀小子乱传字典老师要离校的谣言。

♦ 不以为然　102 页
解释｜不认为是这样。表示不同意。
本书用法｜指圆规妹妹不认为全都是不锈钢剪刀小子的错。

♦ 以讹传讹　103 页
解释｜指把不正确的讯息错误地传出去。
本书用法｜书包校长提醒精灵同学们，消息要查证后才能告诉他人。

好用成语、词语秘籍

文具精灵的写作课 ②

走完七步，就能说出精彩故事！

古时候有曹植"七步成诗"，现在让我们用简单的七个步骤，教大家马上学会写出一个精彩的故事。

我们先以本系列第一册的《木头铅笔小子、橡皮擦女孩和卷笔刀人的三角习题》为例：

步骤1　目标

先为故事选出主角，并为他（们）设定一个想要达成的目标。

例：木头铅笔小子想蝉联"美字王"冠军，于是和橡皮擦女孩一起拼命练字。

步骤2　阻碍

在达成目标的过程中，设定一些可能导致失败的阻碍。

例：产生误会。卷笔刀人因为被冷落，突然失踪了，木头铅笔小子无法把笔削尖，卫冕可能失利。

步骤3　努力

用你的想象力，设身处地，让主角费尽心思地行动。

例：大家东奔西跑，到处找卷笔刀人。

步骤4　结果

描述经过一番努力之后，可能出现的状况。

例：卷笔刀人还是没有出现，木头铅笔小子只好硬着头皮参赛。

步骤5　意外

设计一个令人意想不到的事件。

例：铅笔盒老师出现在比赛现场，没想到躲了很久的卷笔刀人突然从他的肚子里蹦了出来。

步骤6 转折

在发生意外事件之后,想出一个别出心裁的解决事件的办法。

例:解开误会之后,卷笔刀人终于愿意和木头铅笔小子言归于好,并赶紧帮他把笔削尖,让他顺利参赛。

步骤7 结局

主角最后可能有的奇特行动及反应(让读者微笑着把故事看完)。

例:木头铅笔小子因为卷笔刀人的帮忙,顺利蝉联"美字王"冠军。

看吧,一点都不难!那么,再让我们用自己身边的例子,练习"走七步",编一个故事吧!

第一步(目标):小轩想要妈妈帮他买新的遥控飞机。

第二步(阻碍):妈妈说,考试考一百分才能买遥控飞机,这让小轩伤透了脑筋。

第三步(努力):小轩专心准备考试,觉也不睡,饭也不吃。

第四步(结果):小轩因为读书太认真,累得病倒了,被送到医院挂急诊,最后住了院。

第五步(意外):本来在医院照顾小轩的妈妈突然不见了,爸爸、医生和护士都找不到她。

第六步(转折):小轩突然看见病房窗外飞着一台遥控飞机,原来是妈妈偷偷跑去玩具店给小轩买了飞机,自己先试玩看看。

第七步(结局):小轩开心地和爸妈在草地上玩遥控飞机。小轩的书桌上,摆着一张妈妈写给他的卡片,写着:"考试拿到一百分之前,健康要先得一百分才行哦!"

是不是有趣又简单呢?你不妨现在就拿起笔和纸,把这几天觉得最有趣或最难忘的事写成一个"七步故事",寄过来,让我为你鼓鼓掌吧!

角色设计卷

超时空博物馆历险记

版权专有　侵权必究

图书在版编目（CIP）数据

文具精灵国：跟着童话学写作.角色设计卷：超时空博物馆历险记/郭恒祺著；BO2绘.—北京：北京理工大学出版社，2022.1
ISBN 978-7-5763-0662-0

Ⅰ.①文… Ⅱ.①郭…②B… Ⅲ.①童话－作品集－中国－当代 Ⅳ.①I287.7

中国版本图书馆CIP数据核字(2021)第232421号

北京市出版局著作权合同登记号　图字：01-2019-5589
本书简体中文版权由小鲁文化事业股份有限公司授权出版
©2022HSIAO LU PUBBLISHING CO.LTD.

出版发行	/北京理工大学出版社有限责任公司
社　　址	/北京市海淀区中关村南大街5号
邮　　编	/100081
电　　话	/（010）68913389（童书出版中心）
网　　址	/http://www.bitpress.com.cn
经　　销	/全国各地新华书店
印　　刷	/雅迪云印（天津）科技有限公司
开　　本	/880毫米×1230毫米　1/32
印　　张	/15
字　　数	/600千字
版　　次	/2022年1月第1版　2022年1月第1次印刷
定　　价	/140.00元（共4册）

责任编辑/姚远芳
责任校对/刘亚男
责任印制/王美丽

图书出现印装质量问题，请拨打售后服务热线，本社负责调换

文具精灵国
跟着童话学写作③

打造金句卷

爆笑词语大乱斗

郭恒祺 著
BO2 绘

北京理工大学出版社
BEIJING INSTITUTE OF TECHNOLOGY PRESS

作者序

关于怎么写出好故事，
请你让我帮帮忙！

前两本"文具精灵国"系列图书出版之后，我到各学校参加"与作家有约"活动的机会多了起来。我发现文具精灵的故事非常受小朋友们欢迎，也感受到小朋友们"想要帮忙"的热情。比如在演讲前会有同学跑来，想帮我拿袋子、递茶水，或是教我怎么使用投影笔，更有趣的是，在我"不小心"漏说了一些故事情节时，同学们会纷纷举手提醒我！（当然这也是我精心设计的桥段。）

其实在创作故事时，我常常从孩子们的学校生活中寻找有趣的题材，而"帮忙"就成了这一本六个故事的共同主轴，我想让大家看看这些可爱的文具精灵，是如何运用他们的创意魔法，在各种状况下帮忙解决问题的。

像热心过头的订书机小子，急着"帮忙"字典老师订完所有损坏的书籍和作业簿；或是精灵同学们互相"帮忙"，同心协力完成地图作业，结果一起发现了"外星人"；又比如他们会在激烈的词语比赛中彼此"帮忙"，想出答案。

还有还有，别出心裁的彩纸妹妹想到了一个妙点子，"帮忙"懒惰的纸书签姑娘重新恢复自信；文具精灵们不但"帮忙"设计送给远方需要帮助的小朋友的礼物，还七手八脚地想要帮书包校长过个难忘的生日……大家有没有发现，这些热闹又爆笑的情节，其实都围绕着"帮忙"这个主题多方发展？

和从前的时代相比，现在的小朋友比较重视自己的权利和意见，好处当然是比较有主见，相对而言却缺少了发挥团队精神的机会。这不代表小朋友们不想帮忙，其实可能是我们大人帮他们做得太多。帮得太多不见得能够帮到忙，反而可能会帮倒忙，这一点无论大人还是小孩都一样，所以我在故事中设计了各种情境，在此先不方便透露太多。不过我想传达给所有小读者的是：既要有助人为快乐之本的初心，还要有真正帮别人解决问题的能力。能力不够，有时真的会弄巧成拙呢！

身为一个热心的小帮手，我们要自己去创造机会，并学会帮助别人的种种诀窍。有时你的一次小小"帮忙"，对别人是大大的安慰，请切记：只要你把"帮忙"变成一种自然而然的生活习惯，不仅被帮助的人，自己也会感到快乐无比！

举手之劳也好，一臂之力也罢，与"帮忙"相关的成语和词语，大家可以举出多少个呢？和前两本相同，我在书后帮大家列出了所有故事中的常用成语、词语，并为它们在本书的使用情境做了批注，方便让各位小读者在阅读时前后对照，轻松灵活地进行学习（这些常用成语、词语在正文中标蓝色，谐音标绿色）。

我在本书中还介绍了三个好用又有效的写作"破题"句型，不但可以激发灵感，还能快速吸引读者目光，是不是很神奇，很"给力"呢？

别忘了，文具精灵们绝不辜负其美名，因为他们本来就是你我日常生活中的"创意好帮手"啊！

人物介绍

书包 校长

创意魔法学校的创办人，是文具精灵界德高望重的资深魔法教授。笑起来有酒窝，爱吃美食，生性乐观、开朗，鬼点子特别多。喜欢打探文具精灵们的消息，在校园里神出鬼没，是个老顽童。

字典 老师

刚加入"创意魔法学校"的美丽女老师，有一双水汪汪的大眼睛，气质优雅但容易脸红害羞。精通各国语言，尤其是中英文。对学生有问必答，是文具精灵们倾诉心事的好老师。

铅笔盒 老师

书包校长的得意门生和助手。有一张帅气的明星脸，头上长着一根天线，肚子里总是藏着一些神秘的魔法道具。个性温柔有礼，但对文具精灵训练要求高。偷偷对字典老师有好感。

三秒胶 哥哥

个子不高但性子很急，爱跳来跳去，口头禅是："给我三秒就搞定！"常和其他"在一起"班的同学拌嘴，不过该伸出援手时，还是会以"最快速度"达成使命。

木头铅笔小子

"笔一笔"班头号风云人物。身材修长,最爱练习写字,到处写个不停,个性耿直又爱打抱不平。他和橡皮擦女孩、卷笔刀人组成"文具精灵三结义",号称创意魔法学校的第一个偶像团体。

橡皮擦女孩

"爱整洁"班的开心果,也是木头铅笔小子的忠实粉丝。身材圆滚滚的,常一跳一跳地走路。有点傻乎乎的,但心地善良,后知后觉,是标准的乐天派。她非常爱干净,最爱自愿当班上的值日生。

胶水姐姐

个性稳重,心地善良,喜欢慢慢变魔法,相信凡事慢工出细活。常和三秒胶哥哥凑成一对一起练习魔法,遇到同学有纠纷时常当和事佬,是"在一起"班同学非常敬重的大姐姐。

地球仪老师

创意魔法学校新来的老师。身材圆滚滚,海蓝色的衣服上画了世界七大洲,动不动就原地自转。地理知识相当丰富,方向感极佳,是自助旅行达人,常拉着一个神秘旅行箱来上课。

人物介绍

不锈钢剪刀 小子

"分得开"班的"急先锋"。个性冲动,心直口快又好强,认真做起事来相当利落,爱帮同学解决难题,却常忘了自己才是引起纷争的原因。

美工刀人

和不锈钢剪刀小子号称"分得开"班的"二刀流",也是"轻飘飘"班"纸"类同学最怕的对象。他希望自己有朝一日能做出巧夺天工的手工作品,夺得大奖,为"创意魔法学校"争光。

圆规 妹妹

"守规矩"班新来的转学生。个性文静内向,热爱跳芭蕾舞。因为凡事力求完美,所以常搞得自己很累,一件事常要先想半天,又不敢行动,渴望结交更多的新朋友。

三色圆珠笔 宝宝

创意魔法学校"小小班"的新生,非常容易紧张,一紧张就容易掉眼泪、流汗,甚至不小心尿裤子。平时喜欢练习写字,最崇拜木头铅笔小子,魔法志愿是用不同颜色都能写出美美的好字。

纸书签姑娘

身材高挑,长得可爱,但个性有点儿懒散,是个平时爱夹在书本里打盹儿的女孩。虽然常看书也爱看书,但常常过目即忘。她是彩纸妹妹的好闺蜜,两人都喜欢打扮得美美的。

彩纸妹妹

"轻飘飘"班的小可爱班花。她头上爱别朵小花,是"创意魔法学校"的时尚潮人。人缘一级棒,"分得开"班的所有同学都是她的超级粉丝。她的魔法就是随时变出新造型,据说她的衣橱里总有穿不完的七彩新衣服。最爱吃甜筒,但一直担心自己吃得太胖。

订书机小子

"在一起"班同学,有一口亮晶晶的"订书钉牙齿"。最爱刷牙,热心公益,最爱帮老师忙。虽然是位好帮手,但有时会因个性急躁而弄巧成拙。"轻飘飘"班同学最怕他的"一钉搞定"魔法。

便利贴小子

活泼好动,爱穿黄色条纹衫,喜欢凑热闹、帮大家传话留言,有时是大家的开心果,有时也会来一句惊人之语。最喜欢"笔一笔"班的同学在自己的肚皮上练习写字。

目录

作者序	02
人物介绍	04
1 订书机小子的紧迫"钉"人任务	10
2 天啊！创意魔法学校有外星人来袭？	24
3 文具精灵们的爆笑词语大乱斗，把字典老师弄哭了？	40

4 文具什么东东村的 "37℃暖心分享节" 56

5 大家都学会了纸书签姑娘的 "独家魔法",那她怎么办? 72

6 书包校长的终极生日密码, 让人"看"得眼花缭乱! 88

好用成语、词语秘籍 104

文具精灵的写作课 ❸ 114

订书机小子的紧迫"钉"人任务

自从订书机小子在文具健康检查日,得到了牙齿闪亮亮"健康模范"的封号后,变得更加热心助人。个性活泼好动的他,一有机会就想表现他的"订"人功力。

"各位轻飘飘班的同学们,请问需不需要我帮你们'订'起来呀?"订书机小子又在积极推销他的"免费钉起来"魔法。

"是订书机小子啊,谢谢……我比较怕痛!"彩纸妹妹一看见订书机小子的牙齿,吓得连忙拒绝他的好意。

彩纸妹妹最怕碰到订书机小子了。上次上美劳课时,订书机小子没经她的允许,一口气把所有订书钉"咔嚓咔嚓"地订在她身上,害得她好像被医生扎了十几二十针一样,疼都疼死了。

"不疼不疼,你放心,我的动作很利落,像蚊子叮一下一样……"订书机小子话还没说完,彩纸妹妹早就飘得无影无踪了。

热心的订书机小子毫不灰心,不但继续在同学中寻找目标,连铅笔盒老师要公布魔法小考成绩,他也自告奋勇要帮忙。

"铅笔盒老师,这种小事就交给我吧,我保证

订得最牢固，十几级强风都刮不下来。"订书机小子飞快地把一张四四方方的小考成绩单"咔嚓咔嚓"地订在布告栏上，还特地订了整整一圈订书钉，看得铅笔盒老师的脸色一阵青，一阵白。

"可是……这张成绩单我只想公布一天，你订得这么牢，明天我要怎么拿下来啊？"铅笔盒老师看着订书机小子匆匆跑掉的背影，无奈极了。

"唉！那只'鳄鱼'真是多管闲事。"站在操场边的三秒胶哥哥语气酸酸地说。

"三秒胶哥哥，你说谁是鳄鱼啊？"一旁的透明胶带弟弟很好奇。

"牙齿尖尖，身体长长，嘴巴还不时一张一合的，你说我们班谁最符合这些特征？"三秒胶哥哥比手画脚地形容着。

"哈哈哈，你该不会是在说订书机小子吧！"路过的胶水女孩忍不住哈哈大笑。

猛然一看，订书机小子还真像动物园里的鳄鱼呢！

其实"在一起"班的同学们，对于订书机小子爱出风头都议论纷纷，尤其是三秒胶哥哥，他觉得自己的"三秒搞定"魔法，完全可以和订书机小子平分秋色。

"我们胶水类同学的魔法功力也毫不逊色

啊！"三秒胶哥哥忿忿不平地说。

"没错！"透明胶带弟弟也凑过来发表意见，"订书机小子能做的事，我们哪一件做不到？"

"其实，我蛮欣赏订书机小子当仁不让的态度，"好心的胶水女孩出来打圆场，"只是他有时会力气大了点儿，性子急了些。"

"性子急，这世界上谁会比我三秒胶的性子急啊！"

三秒胶哥哥急得腮帮子鼓鼓的，一不小心把肚

子里的胶水"噗"的一声挤了出来，胶水女孩和透明胶带弟弟连忙跳到一边，上次他们就是因为和三秒胶哥哥抱在一起玩相扑，结果三个人整个下午都黏在一起，直到放学都还难分难舍呢！

"你们在说谁性子急啊？"订书机小子不知什么时候出现在他们身旁。

"没有没有，我们在说你很会紧迫'钉'人啦！"一向胆小怕事，不愿与人正面冲突的透明胶带弟弟连忙解释。

订书机小子听不出透明胶带弟弟话中有话，竟然说："没错，我最会'钉'人了，只要有我在，'一钉'就搞定！"

三秒胶哥哥冷冷地看着他问："你的意思是说，'在一起'班就数你最厉害啰？"

"没错，你用三秒才能完成的任务，我不到一秒钟就能搞定！"订书机小子得意地挑起眉毛，夸耀自己的身手。

三秒胶哥哥听了气得说不出话来,连刚才在一旁帮订书机小子说话的胶水女孩,也觉得他有点欺人太甚。

这时,走廊上的扩音器里突然响起字典老师急促的声音:

"各位精灵同学:字典老师需要一些小帮手,自愿到图书馆帮忙修补所有破损的魔法书。有能力帮忙的精灵同学,请直接到文具图书馆找我报到。"

"听起来是我最拿手的任务耶!"订书机小子听到老师需要小帮手,马上兴致勃勃地要去帮忙。

"我也要去!"最爱帮忙的透明胶带弟弟也开心得跳上跳下。

"不用了,这种小事我一个人就可以搞定。各位同学就好好午休吧,我去帮老师忙啰!"说完,订书机小子一溜烟儿就不见了,只留下一脸错愕的三秒胶哥哥、胶水女孩和透明胶带弟弟。

"就让他一个人耍帅好了！"三秒胶哥哥很不服气地把两手一摊。

图书馆的魔法阅览室里，字典老师忙着把一本本被翻得掉页的魔法书搬到桌上，让一旁兴冲冲来帮忙的订书机小子帮忙修补。

"这些书好重好重啊！你们'在一起'班怎么只有你一位同学来啊？"力气小的字典老师搬书搬得气喘吁吁。

"老师请您放心，这些任务包在我身上！"订书机小子很快拿起一本掉了页的魔法书，先把散落的书页叠好，再张开大嘴，准备一股脑儿地订下去。

字典老师急忙捂住订书机小子的嘴："等一下！这种又厚又重的精装魔法书，不能直接订，要小心地粘，脆弱的纸张才不会受伤。"

"那我能帮上什么忙呢?"订书机小子有点儿懊恼。

字典老师弯下腰,拿了另外一大摞掉页的魔法练习本,交给订书机小子:"你先把这些魔法练习本重新订好就可以了。"

"这对我来说太简单了啊!"订书机小子虽然心不甘情不愿,还是开始把魔法练习本一本一本订好。

"我订、我订、我订订订!"刚开始,订书机小子还会边哼歌,边生龙活虎地表演特技——无论是正着订、倒着订、站着订还是躺着订,都可以干净利落地把脱落的书页重新订好。

整个下午,订书机小子就这样闷着头不停地

订,居然订完了一整盒订书钉,但没订好的作业本还有一大摞。

"怎么办?我订不完啦!"精疲力竭的订书机小子又累又渴,心急如焚。

字典老师望着桌上一堆还没有修补好的魔法书和练习本,也烦恼地说:"是啊,太阳都快下山了,可是书包校长希望我在放学前完成这个任务啊!"

突然,魔法阅览室门外传来一阵脚步声和小

声的呼喊:"老师,我们来帮忙了!"

只见透明胶带弟弟、胶水女孩和三秒胶哥哥三人打开门,探头进来。

"你们怎么来了,我正想找你们一起来帮我修补魔法书呢!"字典老师看到他们,开心极了。

透明胶带弟弟抢着说:"我们刚刚下课路过这

里，看见你们在忙，所以就来了！"

胶水女孩也在一旁帮腔："我想老师一定也需要我们胶水类的同学们出一臂之力。"

订书机小子看到同学们前来帮忙，很不好意思地低下头问："其实，你们早就想来帮老师的忙，对不对？"

三秒胶哥哥点点头："其实我们听到老师广播时就很想来帮忙，但被你抢先一步了。"

"老师，是我不对，我不该凡事都抢着自己一个人做……"订书机小子也很懊恼自己的魔法不能帮字典老师修补所有的魔法书。

字典老师语重心长地说："老师很高兴大家都抢着帮忙，但是在自告奋勇之前，要先想想需要帮忙的对象有什么需求，也要看看自己是否能够胜任啊！"

胶水女孩自信满满地说："我会把脱落的书页

重新粘好。"

透明胶带弟弟也**不甘示弱**："我会修补封面上被撕破的裂缝。"

三秒胶哥哥则得意地说："我最会处理又厚又重的精装魔法书，粘一次就永不脱落！"

字典老师看着这群优秀的孩子，无比欣慰地笑道："友情和不小心破掉的书页一样，都是可以

修补的哦！"

"当我们同在一起,在一起快乐无比!"胶水女孩哼起"在一起"班的班歌,三秒胶哥哥和透明胶带弟弟跟着轻轻唱和,订书机小子也感触良多地唱着。

"我要谢谢各位同学来帮忙!"订书机小子勇敢地向大家道歉并致谢。他终于明白,自己必须和同学们一起发挥不同的魔法,才能圆满完成任务啊!

2 天啊！创意魔法学校有外星人来袭？

　　创意魔法学校这学期来了一位新老师——地球仪老师。顾名思义，他长着地球一样，有着圆滚滚的身材，衣服上彩绘着世界七大洲、五大洋，还标明了南极与北极的位置。讲课时，他一兴奋就会由西向东逆时针飞快自转，精灵同学们都觉得上他的课很有趣。

尤其当地球仪老师一点亮肚子里的灯泡，发亮的衣服上就会出现许多相互交错的经纬线，好像一幅工整细致的世界名画，让身上同样有许多刻度的直尺小子好生羡慕。

"哇！真希望我也像地球仪老师一样，身上有这么多刻度和地图，看起来就很博学多闻。"上课时，直尺小子偷偷和坐在一边的圆规妹妹说。

"对啊，老师跟我一样都爱转圈圈，而且转得比我快十倍！"上学期在舞林盟主挑战赛中一战成名的圆规妹妹，简直把地球仪老师当成偶像。

讲台上的地球仪老师提醒大家："'守规矩'班的同学们，上课时请不要聊天，要守规矩哦！"

正聊得起劲的直尺小子和圆规妹妹顿时面红耳赤，觉得很不好意思。

"各位同学，今天的家庭作业就是要画出创意魔法学校的平面地图，请画出每一栋建筑物和操场的正确位置。我们会把大家的作业挂在校门口，让来访的客人可以对我们学校一目了然。各位同学记得明天要交作业哦！"地球仪老师说完，就用旋转魔法一溜烟儿地转出了教室。

这项家庭作业让直尺小子和圆规妹妹都雀跃不已："这项任务不正是我们的强项吗！"

一下课，他们就马上跑去找"笔一笔"班的木头铅笔小子和"爱整洁"班的橡皮擦女孩帮忙，四人站在操场正中间，准备一起完成这项需要"同心协力"的作业。

"哎呀，不就是把学校地图画出来嘛，这有什么好紧张的？"觉得自己对创意魔法学校再熟悉不过的木头铅笔小子胸有成竹地说。

直尺小子却摇摇头："不行，地球仪老师刚来创意魔法学校，我们一定要有好的表现，让他目瞪口呆。"

"什么，你竟敢说老师'木头很呆'？"橡皮擦女孩不解地问。

圆规妹妹一听哈哈大笑："橡皮擦女孩，你是不是跟不锈钢剪刀小子玩多了，怎么变得跟他一样，讲话牛头不对马嘴，别人说的和自己听到的完全不一样。"

已经蝉联两届"超级美字王"冠军的木头铅笔小子提醒直尺小子说："我觉得这里用'刮目相看'会比较贴切哦！"

"对啊！但说到牛头不对马嘴，画地图可不能这样，"圆规妹妹说，"我们快点儿分工合作，分头去观察每间教室的方位，再回来一起讨论该怎么画，好不好？"

"好！坐而言不如起而行！"直尺小子开始指派工作，他以操场中心为起点，让木头铅笔小子往东，橡皮擦女孩往西，圆规妹妹往南，自己则

向北出发,这样就可以把全校的一景一物,一草一木观察全面。

没想到,直尺小子出发还不到一分钟,就听到校园南边传来一阵尖叫:"不好了!不好了!"

他急忙跑过去一看,原来是和他走相反方向的圆规妹妹,她一脸惨白地说:"我、我刚才发现学校后门的草丛里居然有……一摊红色的积水!"

直尺小子让惊魂未定的圆规妹妹先别慌张,他往草丛里仔细一瞧,果然和圆规妹妹说的一样。

"是红色,难道是哪位精灵同学不小心在这里受伤流血了吗?"

两人百思不得其解时,校园西边又传来一阵尖叫:"我的天啊!这是怎么回事?"

两人赶忙循声跑去,看见橡皮擦女孩满脸慌张,她见到两人,立刻一把抱住,眼泪扑簌簌地掉了下来。

"为什么大大大大大礼堂门口会有这么多蓝色的脚印?好恐怖啊!"橡皮擦女孩吓得花容失色,非常忐忑不安。

"别哭,别哭!"直尺小子定睛一看,果然有一串蓝色的脚印!他一边安慰橡皮擦女孩,一边施展他的"高深莫测"魔法,测出蓝色脚印是从礼堂大门出发,一步步向学校东面前进。

直尺小子忖量着说："难道……是外星人来我们创意魔法学校了？"

橡皮擦女孩和圆规妹妹吓得大叫："外星人！"

"对啊！一定是外星人，我读过一本科幻小说，书上那个来到地球的外星人，流的就是蓝色的血液。"直尺小子平时最爱看科幻小说了，说起这些来，头头是道的样子。

"你不要胡说八道，自己吓自己啦！"圆规妹妹没好气地说。

正当三人手足无措的时候，学校东边又传来木头铅笔小子的喊声："你们快来看，图书馆的墙上怎么会有这么多黑色的指纹啊！"

直尺小子连忙拉着橡皮擦女孩和圆规妹妹，沿着疑似外星人的那一串蓝色脚印，往图书馆的方向跑过去。

一到图书馆，他们就看见木头铅笔小子正在墙

上涂涂画画,把所有的黑色指纹画上圈圈、写上编号。原来,木头铅笔小子很喜欢看《名侦探柯南》,他想要学柯南,试着抽丝剥茧,弄清楚现场究竟发生了什么事。

"让我好好想想,先是南边学校后门的红色积水,再是西边大礼堂门口的蓝色脚印,最后是东边图书馆的黑色指纹……"直尺小子得出结论说,"这个外星人变幻莫测,一定很不好对付!"

"原来你们也发现了蛛丝马迹,现在该怎么办啊？"木头铅笔小子都快想破了头。

"蛛丝蚂迹？你看到蜘蛛和蚂蚁出现了？"橡皮擦女孩又开始无厘头地追根究底起来。

就在大家慌成一团时，圆规妹妹突然灵光一闪："是北边。外星人去过东边、西边、南边，所以他现在……应该正往学校北边走，天啊，那是校门口！"

"糟了！外星人要占领校门口啦！"四人异口同声，不约而同地向校门口冲过去，想要保护创意魔法学校，不让它落入外星人的手中。

直尺小子和圆规妹妹急急忙忙跑在最前面，根本没注意到校门口正站着一个圆滚滚的身影，他们来不及刹车，"砰"一声，和对方撞了个满怀。

"哎哟！谁这么莽莽撞撞的啊！"被撞得弹出三尺外，还一直快速转圈的，原来是……

"是新来的地球仪老师！"跟在后面的木头铅

笔小子和橡皮擦女孩赶紧把还跌倒在原地"自转三百六十度"的地球仪老师扶起来。

"地球仪老师,对不起!"直尺小子和圆规妹妹连忙道歉。

木头铅笔小子**愁容满面**地说:"老师,我们怀疑有外星人侵入创意魔法学校,而且很可能就在校门口附近!"

地球仪老师好不容易才站起身来,他拉了拉自己身上的经纬度格子装,深呼吸一口气才说:

"你们有证据证明外星人来过地球吗?"

橡皮擦女孩肯定地点点头:"我们发现了外星人留下的血液、脚印和指纹——有红、蓝、黑三种颜色。"

"我身为地球的吉祥物……不不不,是地球的模拟物,我都没办法证明外星人在地球出现过,你们要怎么证明呢?"

地球仪老师的话还没说完,校门口旁的花圃后突然传来一阵微弱到快听不见的哭声,大家全都挤上前想要一探究竟。

"是外星人宝宝!"原来那里有个矮矮的,头上别着红、蓝、黑三色发夹的可爱女生,她哭得一把鼻涕一把眼泪,流出来的三色眼泪把地上弄得脏兮兮的。

地球仪老师一看:"她不是外星人宝宝,她是三色圆珠笔宝宝。她跟我一样,刚刚来到创意魔法学校，是转学生。"

"新来的转学生，我们怎么都没见过啊？"答案终于水落石出，大家议论纷纷，好奇这位新同学究竟是从哪里来的。

地球仪老师牵起三色圆珠笔宝宝的手，向大家介绍："三色圆珠笔宝宝昨天才转来创意魔法学校小小班，她还不习惯上课，所以跑出教室要找妈妈。老师们正到处找她呢，原来是躲这儿来了！"

直尺小子有话直说："那你刚才去过了哪些地方呢？"

三色圆珠笔宝宝擦擦眼泪说："我在学校里迷路了，搞不清楚东南西北，也不知道去了哪里，一紧张害怕，我就哭了，流了好多汗，还想上厕所，还……还漏水啦！"

"原来是圆珠笔漏水啊！那红色积水、蓝色脚印和黑色指纹都是你留下的，而不是外星人造访啰?

好险好险!"橡皮擦女孩听了,终于放下一百二十个心。

温柔的圆规妹妹走过去,给三色圆珠笔宝宝一个大大的拥抱。圆规妹妹想起自己刚进创意魔法学校时,也对陌生的环境感到很害怕,幸亏当时有木头铅笔小子在舞林盟主挑战赛帮助她得到冠军,她才重新找回自信。

"谢谢学姐!"被圆规妹妹抱着的三色圆珠笔宝宝终于破涕为笑。

地球仪老师看到同学们这么懂事,不禁高兴起来,开始像陀螺一样在原地自转:"各位学长、学姐,不如你们就带着新来的学妹去逛逛我们的魔法学校,做一次完整的校园导览吧!"

"好呀!"还没等地球仪老师把话说完,大家纷纷响应,都想要带着可爱的三色圆珠笔宝宝参观校园。

"我们先去南边吧,魔法学校后门旁边有好多美丽的花儿可以欣赏!"爱花的圆规妹妹想要和学妹分享最爱的植物。

"我们先去西边吧,魔法学校礼堂里有空调可以凉快凉快!"怕热的橡皮擦女孩想先向学妹介绍可以消暑的地方。

"我们先去东边吧,魔法学校图书馆里有好多

好看的书可以看!"最爱看书的木头铅笔小子想要推荐好书给学妹。

三色圆珠笔宝宝笑呵呵,有这么多学长和学姐照顾,她不再觉得紧张,和新来的地球仪老师一样慢慢地"渐入佳境"了!

还站在北边校门口的直尺小子和地球仪老师大喊:"各!位!同!学!记得明天要交画学校地图的作业哦!"

只听校园各处的角落里回荡着整齐划一的回声:"什么,交作业?我早就忘光光了!"

文具精灵们的爆笑词语大乱斗，把字典老师弄哭了？

才过了一学期，专程从外国来创意魔法学校就读的磁铁贵公子，就已经和所有精灵同学打成了一片。他最要好的朋友除了"铁面无私"的美工刀人之外，还有爱"打铁趁热"的回形针小妹。他们号称自己是"魔力铁三角"，想要和远近驰名

的"文具精灵三结义"——木头铅笔小子、橡皮擦女孩和卷笔刀人互别苗头。

虽说大家都是好朋友,磁铁贵公子也一直表现很棒,但面对写得一手好字,又常常出口成章的木头铅笔小子,他一直觉得很"汗颜"。

"什么是'汗颜'啊?是不是像小小班的三色圆珠笔娃儿一样,一紧张就会流出不同'颜'色的'汗'?"一下课,"魔力铁三角"就聚在一起讨论怎样才可以一举成名。

磁铁贵公子皱了皱眉头:"其实我也不是很懂,我的中文不是很好,放学后我还要找字典老师帮我复习生词和造句呢!"

"我知道!'汗颜'的正确解释就是——觉得很惭愧而脸上流汗,简单说就是丢脸!"平时上课还算专心的回形针小妹居然答了出来。

其他两位"铁三角"佩服地为她拍拍手:"真

不简单，这么难的词语你也会！"

"上课好好听老师讲课就知道啦！"回形针小妹得意地笑着。

"我磁性虽强，但词性却搞不太清楚，上语文课组词造句时常闹笑话，这可怎么办？"磁铁贵公子说出了自己最大的烦恼。

磁铁贵公子不知道的是，不仅他有这样的烦恼，书包校长的头发也愁得快要像圣诞老人的胡子一样白了——因为他抽查文具精灵们的作业时发现，里面常常笑话百出！

"我说字典老师，这样下去可不行啊！"书包校长坐在校长室里发愁地说，"精灵同学们的文字魔法不练好，书也会读不好，和同学的沟通都会出问题哦！"

刚被叫来的字典老师也频频点头："我也觉得这个问题有点严重。"

书包校长翻着桌上一堆作业本说:"字典老师,你看看,这些造句我看了真的是、真是……"他越讲越喘不过气来。

字典老师把这些作业本拿过来一看,只见有一本上面是这样造句的:"题目:用一……就……造句:昨天我从夹娃娃机里夹一只娃娃,就花了我一百块!"

另一本造的句子更短:"题目:用先……再……造句:我先走了,再见!"

还有一个写得更离谱:"用一边……一边……造句:弟弟一边脱衣服,一边穿裤子。"

字典老师觉得欲哭无泪,她还真好奇这位同学的弟弟,怎么做到同时做这两件事的。就在她以为书包校长要大发雷霆时,书包校长突然把声音拉高八度:"哈哈哈!这些造句妙妙妙!让我跳跳跳!"

书包校长捧腹大笑，差点儿从校长椅上摔下来。他甚至笑到发生口误："快快快，我要去'鸡酒'！不不不，是急救，我要办一个大会考，来救救这些'生病'的句子。"

一向"想到说到，说到做到"的书包校长第二天就在晨会上宣布，要大家组队参加这次特别举办的"华山论'句'——魔法学校词语大会考"。

"什么华山论'句'，又不是要比比看谁是武

林盟主！"平时爱看武侠小说的不锈钢剪刀小子，觉得自己对比武更有兴趣，他选择"隔山观虎斗"——在一边当观众就好。

"机会来了，我们一起去拿冠军，当词语盟主！"木头铅笔小子马上找了橡皮擦女孩和卷笔刀人组成一队。

精灵同学们纷纷报名参加，各队经过一个星

期的互相厮杀，进入最后决战的队伍就是大家认为理所当然、实力超强的"文具三结义"队，还有进步神速，跌破大家眼镜的黑马——"魔力铁三角"队。

经过前几场比赛的头脑风暴，磁铁贵公子和队友美工刀人、回形针小妹都感到既兴奋又意外："这下要好好抱佛脚了，我们的对手很强，必须要加油了！"

于是两队在赛前不断地做着练习，尤其是磁铁贵公子，他知道自己必须要比别人多下两三倍的功夫，才有机会获胜。

终于到了大会考决赛的那一天，文具精灵们都挤到操场上，想要一睹两队的"风采"和"文采"。

今天负责出题的评审是字典老师和铅笔盒老师，他们齐声宣布："这次的游戏规则是两队抢答，答对得一分。"

担任评审长的书包校长补充:"比赛有'成语解释''对对碰'和'照样造句'三大关,各位同学要仔细听完题目,再按铃抢答哦!"

"没问题!"站在操场两边的两支队伍,看起来都迫不及待地想要先声夺人。

"第一关,请解释以下成语。第一题,请问什么是词不达意?"

两队还没开始抢答,台下的便利贴小子就忙着插嘴:"哈哈,这成语就是在说磁铁贵公子中文不好,搞不懂这些词语的意思,所以叫'磁'不达意!"

"这位同学,你可以好好说话吗?"一向最爱主持正义的厚纸板姐姐在一旁没好气儿地警告便利贴小子。

"我知道!"被便利贴小子嘲笑的磁铁贵公子,反而最快按铃抢答,"词不达意就是所用的言辞无法确切表达心意。"

字典老师翻了翻自己书页上的答案,然后宣布:"完全正确,魔力铁三角队得一分!"

"没想到磁铁贵公子的'战斗指数'竟然暴增那么多倍!"木头铅笔小子大吃一惊,他连忙提醒队友,"我们要多加油哦!"

接下来换铅笔盒老师出题:"请问,一览无遗是什么意思?"

"叮咚！"求好心切的橡皮擦女孩这次按铃按得飞快，"我猜一'懒'无'移'的意思就是：人一懒惰就不想再移动了。"

"噗！"字典老师想笑却不敢笑，她上课时可不是这样教的啊！

"哈哈哈哈！什么跟什么啊！"台下的文具精灵们哄堂大笑。

这时回形针小妹跳出来抢答："这题我来答。一览无遗的意思是指一眼望去什么都看得清清楚楚，没有遗漏。"

书包校长点点头："答对了！再得一分。"

橡皮擦女孩急得要哭出来："对不起，都是我不好，我们落后两分了！"

"没关系，比赛还没结束呢！"木头铅笔小子和卷笔刀人安慰着队友，他们准备使出"乾坤大挪移"，来个"逆风翻盘"。

下一题换字典老师出题:"接下来是第二关'对对碰',规则是我说一个词,你们要对出词性相同,彼此可以对应的另一个词。"

台下的文具精灵都摸不着头绪:"老师,你可以再说清楚一点儿吗?"

铅笔盒老师说:"例如我出的题目是美工刀,你们就可以回答书皮纸,请注意,这道题没有标准答案,只要前后词性相同,可以对应,就算正确,这样懂了吗?"

"哇!这种题目我们都没听过呢!"文具精灵们纷纷猜想自己的名字可不可以也变成答案。美工刀人听到老师在说自己,也觉得与有荣焉。

"老师出的是……蝴蝶——结!"

木头铅笔小子**不假思索**地抢答:"我对斑马——线!"

书包校长大喊:"对得好工整啊!前两个字

'蝴蝶'和'斑马'都是动物名词,最后一个字'结'和'线'都是物件名词,得一分!"

"文具三结义"队的队员互相击掌欢呼,这下终于扳回一城。

"现在是一比二,那我再出一题,老师出的是棒棒糖。"

磁铁贵公子刚要抢答,没想到橡皮擦女孩马上脱口而出:"我答甜甜圈!"

书包校长自己也忍不住抢答:"答对了!不过我还想回答:像我爱吃的担担面、窝窝头、绵绵冰、涮涮锅……"

"奇怪,吃营养午餐的时间还没到吧!"书包校长这样一答,精灵同学们的口水都快要流下来了。

大家流口水,可是字典老师却在流眼泪。原来,她是被文具精灵和书包校长的答案逗得笑到流眼泪,连话都说错了:"现在平'脚'……哦,我是说现在平手,二比二!"

"最后一关是照样造句题,由我来出。"刚抖完一个包袱的书包校长,正经八百出了最后决定两队胜负的一题,"决胜题目是:(□□)的(□□),总让人(□□□□),例如:美味的菜肴,总让人食指大动。最后一格填空要用一句成语结尾,请写在答题板上。"

"文具三结义"的木头铅笔小子、橡皮擦妹妹和卷笔刀人你擦我写他削,终于亮出了他们的答案:"我们的答案是:(风趣)的(书包校长),总让人(捉摸不定)!"

铅笔盒老师笑得连肚子上的盖子都打开了："书包校长的确常让人猜不透啊！"

大家觉得这个答案实在太贴切了，但一山还比一山高，"魔力铁三角"队亮出来的答案更是让人拍案叫绝！

只见磁铁贵公子、美工刀人和回形针小妹吸在一起，交头接耳地研究了一阵，公布了答案："我们的答案是：（美丽）的（字典老师），总让人（目不转睛）！"

创意魔法学校校园传来一百万分贝的叫好声，原本就容易害羞的字典老师一听到这个答案，羞得连耳根子都红了。

"比赛结束，两队都太棒了！"书包校长看着两队的表现，觉得 不分轩(xuān)轾(zhì)，答得一样好。

"咦？该不会又要颁发双料冠军了吧！"文具精灵们议论纷纷。

书包校长眨眨眼说："同学们或许都没注意到，文字其实是不用钱的无价之宝，所以大家要常常玩、玩得精彩，用你独特的魔法玩出一番创意！我宣布今天华山论'句'的冠军是……"

大家都紧张得手心直冒汗，全场 鸦雀无声。

"咳咳，欲知后事如何，且听下回分解！"书包校长居然三步并作两步向魔法学校餐厅跑去，"我肚子饿了，先去吃营养午餐啰！"

"校长,等等我们,给个答案嘛!"木头铅笔小子和磁铁贵公子追着书包校长跑,所有精灵同学也都跟在后面想要弄个明白。

只有落队的不锈钢剪刀小子想了半天才恍然大悟:"下回分解?原来书包校长跟我一样,也是个武侠小说迷啊!那意思不就是……要练习自己找出答案吗?"

4 文具什么东东村的"37℃暖心分享节"

只要看到"文具什么东东村"的家家户户，都在家门口挂起一长串风铃，创意魔法学校的文具精灵们就知道，一年一度的"37℃暖心分享节"又要来临了。

这个特别的节日只在"文具什么东东村"才有，在节日这天，只要吹来一阵微风，"丁零丁零"的清脆声响就会传遍整个村庄。每年此刻，村民们会和远方的朋友交换一份别出心裁的礼物。所以书包校长召集了创意魔法学校的文具精灵们，讨论要和谁交换礼物，当然，还要讨论选什么东

西来作为"好礼大放送"的礼物。

这天一大早,在大大大大大礼堂里,全校师生都围成一圈。平时最期待收到礼物的便利贴小子首先举手:"书包校长,为什么要叫'37℃暖心分享节'呢?"

"哈哈!容我先卖个关子吧!"

"那请问今年我们要选择什么礼物呢?"

"别急别急,送礼也是门需要好好学习的学问,我觉得我们应该先选好要送礼的对象,再来想想送什么比较恰当。"书包校长就是这个节日的发起人,他很想让文具精灵们学会做个体贴的送礼人。

坐在书包校长旁边的彩纸妹妹说:"那……今年给文具开运村的稀有文具精灵同学送和去年一样的礼物可以吗?"

三角板兄弟上学期还没转学到魔法学校,所以他们异口同声地问:"那你们去年送的什么啊?"

记性不错的厚纸板姐姐抢着说:"我记得去年我们每人都亲手烤了一块巧克力蛋糕,快递寄给新朋友!"

"好吃好吃,哎哟,那时我还没把礼物寄出去,自己就先吃掉了一半!"贪吃成性的便利贴小子不打自招。

没耐性的不锈钢剪刀小子却插嘴:"礼物为什么要自己做啊,直接买不是可以省掉很多麻烦吗?"

"这不一样,我妈妈常说,送什么礼物不是重点,重点是心意!"圆规妹妹一向都很懂事。

"哈哈,那是因为你笨手笨

脚,把巧克力蛋糕烤成了巧克力'炭'糕。"木头铅笔小子对不锈钢剪刀小子的"炭烤蛋糕"记忆犹新。

书包校长眼见大家越讨论越离题,举起双手让大家听他说:"各位同学,你们好像又忘了,我们不是要先决定送礼的对象吗?"

铅笔盒老师点点头,举手发言:"校长,我上

周看过一则电视新闻报道,介绍距离我们一百公里远的'大雨不停'市,有一个'好样儿文具之家'。"

字典老师也很有默契地接着说:"我也看到新闻了,那里住了许多被人类小主人遗失或弄坏的文具精灵,他们暂时住在那里等待修复和失物招领,可能非常需要帮助和鼓励哦!"

文具精灵们一听,纷纷举双手赞成。

"太好了,就这么办!那么今年我们就选择'好样儿文具之家'作为我们分享礼物的对象吧!"书包校长很欣赏这个好点子。

"可是我们该送些什么呢?"磁铁贵公子和便利贴小子都急着问。

"不如这样,全校精灵同学分成三组,讨论送什么礼物好吗?"三角板兄弟摸摸自己头上的直角,他们最喜欢提出跟"三"有关的方法。

"不错哟!那请大家各自分组,找组员<u>从长计</u>

议,明天再来决定送什么!"书包校长宣布先散会,让所有文具精灵开始执行选礼物的"秘密任务"。

创意魔法学校的午休时间,校园里一片安静,教室都熄了灯,只有聊天树旁的校医室内<u>灯火通明</u>,今天是好久没来魔法学校坐诊的放大镜医生值班。

"啊——我也好想睡午觉哦!"放大镜医生刚打了一个好大的呵欠,却看到门口有人探头进来。

原来是橡皮擦女孩。她小声地说:"放大镜医生,我可以进来吗?"

"快快进来,你有哪里不舒服吗?我来帮你瞧瞧!"放大镜医生关心地问。

"不是啦,我没有不舒服,我是想……我想跟您借一盒棉花棒。"橡皮擦女孩鼓起勇气跟放大镜医生说。

"一盒棉花棒?"正当放大镜医生摸不着头绪

时，透明胶带弟弟和胶棒小美女也出现在了校医室门口。

"你们怎么也来了？"橡皮擦女孩吓了一跳。

"咦？你也是不睡午觉偷偷跑来的啊？"

透明胶带弟弟说："我们也想来借件东西。放大镜医生，可不可以借我们一盒您平时帮我们擦的药膏？就是我们上次跌倒时擦的那一种。"

这两位"在一起"班的同学平时走路很容易黏在一起，弄得步伐像"两人三脚"般不稳，所以常常跌倒。

"这……"放大镜医生还没回过神儿，门口又传来一个声音："医生，我想借一盒创可贴，可以吗？"这次换成"轻飘飘班"的彩纸妹妹和"分得开班"的不锈钢剪刀小子出现。

"哇！是要开联欢会吗？你们也来校医室做什么呢？"彩纸妹妹觉得事有蹊跷，校医室里怎会出现这么多同学?

"请大家有话慢慢说。"放大镜医生先让精灵同学们安静下来,不然无法评估他们的"病情"。

原来文具精灵们一回教室,很快地进行了分组讨论,而且居然不约而同地想到来校医室,寻找送给"好样儿文具之家"文具精灵的小礼物。

放大镜医生这才弄清楚事情的来龙去脉。他让橡皮擦女孩先代表"爱整洁班"发言,橡皮擦女孩说:"我们这组想要送的是'心疼棉花棒'。因为我们猜想,'好样儿文具之家'里被遗忘的文具同学身上可能都有受伤,不是刀锋生锈、笔芯断掉,就是笔盒关不紧,而且心情一定

很不好。所以我们想设计这款棉花棒，用我们的魔法帮他们把伤口清理干净，这样才不会更严重。"

放大镜医生点头称是，觉得橡皮擦女孩想得真周到。

"哇，这点子跟我们想的有点像哦，真是英雄所见略同！"胶棒小美女代表"在一起"班提出想法，"我们想送的是'笑嘻嘻药膏'。我也曾经在路上被自行车骑士撞伤，躺在'动动脑文具综合医院'里住院整整一星期，天天都闷闷不乐，所以我们很想用这种药膏让收到礼物的人笑嘻嘻，伤口早点愈合。"

"对哦！胶棒小美女，你长得也很像一支小药膏呢！"不锈钢剪刀小子的观察力十分敏锐。

放大镜医生转过头再问:"那彩纸妹妹同学呢,你们为什么要向我借创可贴?"

彩纸妹妹不疾不徐地说:"我们想在创可贴上加持魔法,让它成为能让'好样儿文具之家'精灵同学恢复功能的'给力创可贴',让他们能轻飘飘地重新出发!"

不锈钢剪刀小子补上一句:"然后……可以和所有不开心的往事'分得开'!"

"有道理!"在场的同学眼睛都亮了起来,他们觉得彼此怎么这么心有灵犀!

"好样儿的!你们都很有爱心,没问题,我就把这三样东西借给你们。"放大镜医生决定全力支持他们。

于是，顺利借到棉花棒、药膏和创可贴的文具精灵们，全部都跑到"笔一笔"班找笔同学帮忙。

帮忙制作"心疼棉花棒"的是彩色笔人，他们把每支棉花棒的棒身仔细画上不同的颜色，远远望去，一支支的棉花棒就像一道七彩霓虹，看了就能让受伤的心开朗起来，再也不疼了。

而帮忙包装"笑嘻嘻药膏"的是便利贴小子，他让木头铅笔小子和圆珠笔人在自己的肚皮上写了好多条笑话，然后施展分身术，把分身贴在每支药膏上，让读到笑话的人天天笑嘻嘻。

想出"给力创可贴"的彩纸妹妹号召自己的彩纸伙伴们折出一只又一只小纸鹤，请不锈钢剪刀小子帮她们剪出爱心形状，再请三秒胶同学把自己牢牢地贴在每片创可贴上。

"这就是我们想送的'好样儿礼'!"精灵同学们把所有的"心疼棉花棒""笑嘻嘻药膏"和"给力创可贴"分装成一盒一盒的"三合一分享组",打包好后请书包校长帮忙,用最快的速度寄给"好样儿文具之家"的同学们。

"没问题,包在我身上!"书包校长和所有老师赶忙把所有礼盒都搬到邮局,他们觉得非常欣慰,文具精灵们想到的这份礼物真是"礼轻情意重"啊!

礼物终于寄出去了,但事情就这样结束了吗?当然还没有!半个月后,书包校长和所有老师又扛着一大箱的包裹,走进创意魔法学校的大大大大大礼堂。

校长通知请所有同学到大大大大大礼堂集合,领礼物!

文具精灵们都惊喜不已,原来"好样儿文具之家"的同学也寄来了回礼。奇怪的是,每个人领到的礼盒里都装着一封信,还有一个拇指大小的透明小瓶子,里面装着像是几滴白开水的东西。

"原来大家收到的礼物都是一样的呀!"彩纸妹妹说。

大家迫不及待地摊开信纸,只见上面写着:

亲爱的创意魔法学校的同学们：

　　谢谢你们寄来的"心疼棉花棒""笑嘻嘻药膏"和"给力创可贴"，我们都很喜欢！你们的礼物安慰了我们难过的情绪，现在大家都好多了，请放心。所以我们特别回赠难过时搜集的眼泪，把它们装在小瓶子里送给你们。我们想要破涕为笑，早日恢复过去的魔法和自信，回到原来的工作岗位或学校，也希望这份礼物会让你们时时刻刻提醒自己很幸福哦！

　　我们不再叹气，因为我们有勇气！再次谢谢你们的温暖分享，希望我们在不久的未来，有机会可以见面。

　　谨祝

　　　　心想事成

　　　　　　好样儿文具之家的全体文具精灵同学敬上

"这些精灵同学也好懂事啊！"字典老师和铅笔盒老师心想。

"哭也是一种情绪的发泄，眼泪也是水，它会带着难过的心情蒸发不见！"书包校长也变得好感性。

"那些眼泪也和我们的正常体温一样，都是37℃吗？"字典老师擦了擦眼角的眼泪。

书包校长对她点点头，仿佛在说：你终于知道暖心分享节的密码了。

三人走出礼堂，一起望向蓝蓝的天际，仿佛看见远方"大雨不停"市的雨难得地停了，阳光乍现，哪里都是一片雨过天青。

5 大家都学会了纸书签姑娘的"独家魔法",那她怎么办?

"轻飘飘"班的纸类同学们是创意魔法学校中花样最多的,每天上课他们都像是举办展览似的,让人 眼花缭乱。

彩纸妹妹最擅长折漂亮的衣服、裙子,让自己穿得美美的来上学;厚纸板姐姐也常研究自己如何华丽变身成牛奶盒,或是盖出一座坚固的纸房子;连书皮纸同学都天天拉着不锈钢剪刀小子和美工刀人,让他们帮忙把自己或剪或割成奇形怪状来布置教室。

相比之下,同班的纸书签姑娘就显得悠闲多了。虽然彩纸妹妹跟她是无话不谈的好闺蜜,有时候也会觉得这位女孩……太懒了!

"喂！你怎么又睡着了，起床啦！"彩纸妹妹一走进文具图书馆的魔法阅览室，就看见纸书签姑娘夹在两页书之间，一动也不动地低头打盹儿，忍不住上前轻声提醒她。

"我没有睡着，只是刚才看书太累，想休息一下。"纸书签姑娘被吓醒了，但好像还迷迷糊糊的。

纸书签姑娘施展的魔法都大同小异，就是帮来看书的同学在书上"卡位"——把自己留在暂时看到的那一个对页之间，这样等来看书的同学下次再看这本书时，就能迅速知道自己上次读到哪里了。

⑤ 大家都学会了纸书签姑娘的"独家魔法"，那她怎么办？

彩纸妹妹决定考考纸书签姑娘:"那你刚才都看了哪些书呢?"

"我、我在看漫画啦!"这时才完全清醒的纸书签姑娘,摸摸自己的脸颊,不好意思地说。

彩纸妹妹大笑:"哈哈!看精彩的漫画也会看到睡着?大家都是一口气读完一整套呢,根本不需要你的书签魔法帮忙!"

纸书签姑娘不服气地说:"话是没错,但我也常去帮字典老师的忙,她有时候查完部首,来不及把生字抄下来,却得赶着去上课,这时我就能夹在书页中提醒她。"

"这倒是。其实我很羡慕你的'跳过来夹进去'魔法,可以看到很多书吧!"彩纸妹妹觉得,学会书签魔法可以变得博学多闻。

"是啊!我可是上知天文,下知地理,人家都说我们家是<u>书香门第</u>。"没错,纸书签姑娘是创意魔法学校里最爱看书的同学，不过她常常是"一目十行，过目即忘"，其实是博而不精。

"你的魔法是很厉害，可是，除了帮同学们标记阅读进度之外，你……还会其他的魔法吗？"彩纸妹妹好奇地问。

"我……其实我不会。"纸书签姑娘突然变得有点儿垂头丧气。

"这样不太行啊！"彩纸妹妹好心提醒她，"我听说下星期日我们'文具什么东东'村的'好有用市集'要举办一场'文具环保创意变装秀'，也许在那里可以找到一些灵感，你要跟我一起去看看吗？"

"好啊！说不定有机会让我学到几招新魔法呢！"纸书签姑娘爽快地答应了。

星期日很快就到来了。一大早，放假的两人便迫不及待地约好在校门口碰面，然后手牵手向好有用市集出发。

"哇!好多人哦!"

整个会场挤满了各式各样的摊位,五花八门,好不热闹。有些在交换二手文具,有些请大家捐赠看过的二手书,还有摊位在展示最新发明的创意文具。很少参加校外活动的纸书签姑娘看得目不转睛。

"快来看这里!"

被摊位围绕的广场中央搭建的舞台上,一项名为"这个我也会"的文具环保创意变装秀在举办,女主持人正在一一介绍今天参加走秀的模特。

"各位观众,我们今天的主题是'书签我也会'。也就是说,只要你认为自己拥有可以取代书签的能力,就可以上台来走秀。"

"什么?!取代书签?"彩纸妹妹猛一回头,看向纸书签姑娘。

不看还好,这一看发现纸书签姑娘急得要哭出来了:"她……她是在说要别人来换掉我吗?"

纸书签姑娘拉着彩纸妹妹紧张地躲在台下的角落里,一起偷偷看着到底有哪些竞争对手会上来PK。

女主持人话音刚落,就见一个熟悉的身影嘻嘻哈哈地跳上台:"大家好,我就是行不改名,坐不改姓的名片先生!"

名片先生穿着一套白西装,帅气十足地说:"很多人通过我认识了新朋友后,舍不得把我扔掉,就随手把我当书签使用,让我继续名扬四海。"

刚才还在忧心忡忡的纸书签姑娘惊呼:"对

啊,上次我在同一本书里遇到过夹在另一页的名片先生!"

名片先生下台后,又有一群伙伴在大家的注视下登上舞台,大喊着这次活动的口号:"这个我也会!"

他们一字排开,纸书签姑娘仔细一瞧,有发票阿姨、收据男孩、信用卡叔叔,还有扑克牌人,更不可思议的是还有一个小小的纸片人,也三步并作两步地跳上台。

"大家好！我是衣标小姐。"

台下的观众鼓噪不已："什么是衣标？我们只听过妈妈心情不好时会发飙！"

衣标小姐连忙自我介绍："我就是身上印有服装品牌、型号、尺寸或价格的纸标签。很多妈妈把我从衣服上取下来之后，就直接夹在书本里当成书签了，这叫物尽其用！"

纸书签姑娘和彩纸妹妹交头接耳："这些叔叔、阿姨我都在书本里遇到过，但衣标小姐我还是第一次见到。"

"书签魔法一点儿都不难！"所有参加走秀的书签模仿者陆续上台，这下纸书签姑娘的心脏跳到了每分钟120下！她一直以为自己会的是独家魔法，没想到这么多人都会。

"好险！一、二、三……只有六个人会我的魔法而已……"正当纸书签姑娘松了一口气时，女主持人又大声宣布："刚才是纸类组的书签模仿选手，接下来让我们欢迎第二组——千奇百怪组！"

"天啊，还有啊！"纸书签姑娘和彩纸妹妹急得直跳脚。

原来可以代替纸书签工作的"工具人"这么多！千奇百怪组一上台，几乎就占满了整个舞台。

彩纸妹妹一眼望过去，瘦瘦长长的咖啡搅拌棒人牵着冰棒棍人走着台步，连一根肠子通到底的吸管人也跟在后面，手上拿着一张大大的广告牌，上面写着"请支持我们再就业"。

纸书签姑娘不解地问彩纸妹妹："'再就业'是

什么意思啊？"

彩纸妹妹说："简单说就是……旧工作没了，得找新工作啦！"

台上的走秀表演热闹得跟元宵节的花灯一样，接下来上台的居然还有浪漫自然组的树叶男孩、花瓣女孩和小树枝宝宝。纸书签姑娘万万没想到，这些平时在公园都能看到的好朋友，全部都会自己的魔法啊！

走秀终于接近尾声，彩纸妹妹贴心地安慰眼眶泛泪的纸书签姑娘："不要太难过啦，你还是很棒的！"

这时，女主持人最后宣布："谢谢大家参加今天这场走秀表演，现在让我们欢迎压轴嘉宾——来自创意魔法学校的直尺小子和便利贴小子。"

直尺小子和便利贴小子一脸轻松地走上台，向台下的观众挥手，再带领着今天所有走秀的朋友走下台跟大家握手。

"什么？"原本已经要离场的纸书签姑娘不可置信地看着台上，自己朝夕相处的同学居然也在这里！

这时她才想起："对哦！直尺小子和便利贴小子像我一样长得又扁又瘦，也常到图书馆跟我在书里玩翻页游戏，他们当然也可以使出我的魔法啊！"

回过神来，纸书签姑娘发现直尺小子和便利贴小子已经走到了她面前。

"你们怎么也来参加走秀啊？"纸书签姑娘的心情真是五味杂陈。她觉得大家都好厉害，又觉得自己真没用。

彩纸妹妹这时才讲出实话："其实啊，是我找他们俩一起来市集表演的。我们想要鼓励你奋发向上。"

纸书签姑娘这才恍然大悟："原来如此，你们是不是都觉得……我太懒啦？"

直尺小子点点头说："你要加油哦！我们虽然也会变你的书签魔法，偶尔帮忙夹在书里，提醒大家的阅读进度，但我们也有自己的魔法要修炼，我每天都要量好多长度、宽度和高度，都快忙不过来了！"

"是啊！我也要到处赶场，贴切又贴心地提醒大家大事小事，扮演书签只是我的副业啦！"便利贴小子也连忙附和。

"原来大家不但在认真地练习自己的魔法，也都在学习别人的专长啊！"纸书签妹妹低下头，闭起眼睛，在心中默默下定决心，自己以后也要见贤思齐才是。

她抬起头，发现刚才所有上台走秀的来宾都走了过来，把她围在圆圈中间。

"我们想当你的好伙伴,一起尝试发明各种不同魔法可以吗?"名片先生和衣标小姐牵着手邀请纸书签姑娘。

一阵风吹来,差点儿把发票阿姨、收据男孩,还有咖啡搅拌棒、棒冰棍、吸管和树叶、花瓣家族都吹得飘起来。

纸书签姑娘笑眯眯地回答:"有这么多新朋友

我当然很开心啰，不过……"

大家问："不过什么？"

纸书签姑娘大声宣布："我想要先回学校找'笔一笔'班的木头铅笔小子，在我的身上画上刻度，这样我就可以练习测量魔法，跟直尺小子'抢生意'啦！"

直尺小子吓得不知所措，便利贴小子却又补上一句："那你要不要顺便请他在你身上画好一周的课程表，这样我就不用每天都提醒同学们，明天要上什么课了！"

大家全笑得东倒西歪，不知何时，彩纸妹妹摇身一变，把自己折成了一只美丽的七彩蝴蝶，她对纸书签妹妹神秘一笑："别忘了，我有'轻飘飘'班的魔法，也可以变成蝴蝶书签，停在书的折角上哦！"

"对啊！我怎么没发现？"这次换成纸书签姑

娘啼笑皆非，追着彩纸妹妹又打又闹，所有人都不分你我，打成一片。

这么有趣的"好有用市集"，你要不要也在自己的学校里办一场呢？

6 书包校长的终极生日密码，让人看得眼花缭乱！

自从文具精灵在"37℃暖心分享节"，精心设计了心疼棉花棒、笑嘻嘻药膏和给力创可贴当成礼物，送给"好样儿文具之家"后，创意魔法学校变得声名大噪。

大家都说书包校长把这所专门训练文具魔法的学校办得有声有色，成绩有目共睹，听说连电视台都想来采访他。

"字典老师，请问什么是有'日'共'赌'啊？""分得开"班上语文课时，坐在最

后一排的不锈钢剪刀小子举手发问。

字典老师看了看黑板，自己刚才明明写的是"有目共睹"四个字，不锈钢剪刀小子却看成"有日共赌"，只看对一半！

"分得开"班的其他同学一阵哗然，"哇"的一声引起一阵声波，轰隆隆的好像发生地震似的。

美工刀人笑得最夸张："哈哈哈！什么是'有日共赌'啊？是不是有一日要找我们一起赌一把啊？赌博可不是好事情哦！"

而平常就耳聪目明，座位在最前排的打洞器小子马上举手："我知道，'有目共睹'的意思是形容事情很明显，每个人都看得到。"

字典老师又好气又好笑地说："打洞器小子说得没错。来来来，不锈钢剪刀小子，你暂时先跟打洞器小子互换座位，你记得要去请放大镜医生帮你测一下视力，我想你的近视度数可能加深了哦！"

原来不锈钢剪刀小子是"眼镜一族"，常常因为近视,看不清老师写在黑板上的字,怪不得他常抄错生字,考试也常看错题目。

魔法学校的课间一如往常,同学们有的在走廊上聊天,有的在操场上玩游戏,整座校园闹哄哄一片。

木头铅笔小子和橡皮擦女孩一起跑到"分得开"班,找到还在教室里抄家校联系本的不锈钢剪刀小子,递给他一张神秘小纸条。

"我好不容易才问到了这些密码,你要好好保管哦。"木头铅笔小子压低音量,好像很怕别人听到。

一向急性子的不锈钢剪刀小子好奇地问:"上面写了什么啊?"他话还没说完,就想要打开纸条看看。

橡皮擦女孩赶忙制止他:"你回家再看!你忘啦,我们要给书包校长一个惊喜,所以这件事越低调越好!"

原来文具精灵们今年想要给书包校长一个惊喜,办一个生日派对。

这是他们第一次帮书包校长过生日,因为之前大家都不知道书包校长的生日是哪一天,也不知道他几岁,更不知道他喜欢吃什么口味的生日蛋糕,这次是木头铅笔小子费了九牛二虎之力,才从"神秘人物"那里问到了校长的资料,写在纸条上。

上周所有文具精灵通过商议,指定不锈钢剪刀小子担任这次派对的主办人,所以他要负责大大小小的筹备工作。

"你们答应我,要守口如瓶哦!"木头铅笔小子和大家再三强调。

"没问题,通通包在我身上!"不锈钢剪刀小子推了推眼镜说。

　　大伙儿等啊等,终于等到了书包校长生日的那一天。所有文具精灵放学后,齐聚在创意魔法学校这学期新落成的"垂涎三尺厨艺教室",准备帮书包校长庆祝生日。

　　身为主办人的不锈钢剪刀小子一直忙进忙出,圆规妹妹和彩纸妹妹也在帮忙布置场地。圆规妹妹在厚纸板姐姐身上画出很多圆圈,请彩色笔大

哥涂上不同的颜色,再让透明胶带弟弟贴在餐厅的墙上作为装饰。

而彩纸妹妹也号召自己的彩纸伙伴,串成一圈又一圈的长彩带,挂在教室门口,准备迎接书包校长和所有贵宾。

所有精灵同学都就座之后,生日派对即将开始。

"放音乐,让我们一起欢迎书包校长进场!"

今天负责当DJ的，是最擅长舞蹈和音乐的长尾夹女孩。

"祝你生日快乐，祝你生日快乐……"同学们一见到书包校长出现在厨艺教室门口，马上就边拍手边唱起生日快乐歌。

书包校长完全没有想到精灵同学们会给他一个惊喜，他一脸惊讶地看着大家。陪同书包校长走进教室的，除了他的老朋友——放大镜医生之外，还有铅笔盒老师、字典老师和地球仪老师，他们微笑地对同学们眨眨眼。

担任司仪的不锈钢剪刀小子拿起麦克风说："今天是书包校长的生日，校长要不要跟我们说几句话呢？"

平时能言善道的书包校长，这时讲话突然变得吞吞吐吐又支支吾吾："你你你，我我我……我的生日……好好好，谢谢大家，这真的太令人意

外了!谢谢大家给了我这么大的惊喜!"

"谢谢书包校长那么'简短'的致词,那么我们来吹蜡烛、切蛋糕吧!"不锈钢剪刀小子端出他亲手烘焙的大蛋糕,再拿出事先预备好的数字蜡烛插在蛋糕上。

木头铅笔小子一看,差点儿昏倒:"这下完了!"

原来木头铅笔小子当初给不锈钢剪刀小子的

纸条上，写的都是书包校长的"生日密码"，他明明在上面写着书包校长今年50岁，但是……不锈钢剪刀小子准备的数字蜡烛却是60岁！

"不锈钢剪刀小子这个大近视眼，把50错看成60啦！"橡皮擦女孩也在一边干着急。

"许愿，许愿！"根本不知情的精灵同学们，都在催促书包校长快许下三个生日愿望。

书包校长满脸笑意地吹灭熄蜡烛，然后开始许愿："第一个愿望是，我可以再年轻十岁，因为……其实我今年才50岁！"

大家这才恍然大悟，看错校长岁数的不锈钢剪刀小子窘迫得恨不得找个地洞，不，应该是找个全世界最大的无底洞躲起来。

"第二个愿望是，我希望能继续保持天天运动的好习惯，这样才能让我的外表和实际年龄相符……不过，我看起来有那么大年纪吗？哈哈！"

同学们觉得书包校长真的太幽默了，不锈钢剪刀小子听到书包校长没有责怪自己，也觉得松了一口气。

"第三个愿望，依照习惯是寿星的私人秘密，就让我放在心底吧！"书包校长许完愿，大伙儿就急着让他切蛋糕。

不锈钢剪刀小子迅速地把热腾腾的鲜奶油大蛋糕端出来，想让寿星校长，以及老师和所有同学们品尝他的杰作。

一旁的放大镜医生肚子早就饿得咕咕叫，他抢先尝了一口，却差点儿吐了出来："好咸！"

书包校长刚

要拿起叉子,一听放大镜医生的警告,立刻一动也不动,好像变成了"一二三,木头人"。

所有同学也猜到这件事的罪魁祸首是谁,目光纷纷投射到不锈钢剪刀小子身上。

不锈钢剪刀小子自己也吃了一口:"像海水一样咸啊,这下真的糟糕了!刚才我烤蛋糕的时候厨房里都是蒸气,我的眼镜片雾茫茫的,一定是把盐当成糖加进面粉里了!"

"哎哟!这下连书包校长最爱吃的蛋糕都不能吃了,怎么办呢?"卷笔刀人也急得不得了。

"大家不要急,"不锈钢剪刀小子说,"我怕大家吃不饱,所以另外订了……订了100个披萨给大家吃,待会就会送来了!"

卷笔刀人大吃一惊:"100个披萨!那我们的肚子会吃到撑爆啊!"

木头铅笔小子赶忙跳出来提醒:"剪同学,你又看错了！我给你的那张纸条上明明写的是订10个披萨，快点打电话去取消多出来的90个！"

书包校长笑得合不拢嘴，他走过去拍拍自责不已的不锈钢剪刀小子："没关系，要记得明天快去找放大镜医生检查一下视力了哦！"

不锈钢剪刀小子这才意识到，自己戴着这副眼镜有多么不方便："难怪我每次剪直线时都看不清楚，剪出来的作品都歪七扭八的。"

美工刀人也说："难怪你上次抄黑板上的作业时，把孔武有力看成孔武有刀，力争上游写成刀争上游，还把借力使力写成借刀使刀啊！"

"人家是牵一发而动全身，你是错一字就扣两分！"圆规妹妹也忍不住消遣了一下不锈钢剪刀小子。

"但是我觉得戴眼镜看起来很帅、很美，很有学问的样子啊！你们看，书包校长、铅笔盒老师和字典老师不都戴着眼镜吗？"美工刀人有不同的看法。

铅笔盒老师和字典老师异口同声地说："我们也是不得已的，好吗？"原来两位老师以前当学生的时候都很爱看书，没有注意要适时休息，所以才会变成近视眼。

放大镜医生语重心长地说："近视眼其实一点都不帅，生活会变得很不方便，况且无论是看书或是玩手机游戏，本来就该注意使用时间，才不会<u>因小失大</u>啊！"

不锈钢剪刀小子这时才明白："我爸爸常常为了省电，都舍不得开家里的大灯，灯光微弱会很伤眼睛啊！"

"没错！大家要常常走出户外，看看天上白白的云，看看远方青翠的山，近视就不会找上你啰！"书包校长很满意地说。

地球仪老师突然灵机一动："那不如这样，下次我们就来办一场'让我们看云去'的校外教学活动，让大家把看到的云剪出想象中的动物形状，请'分得开'班和'轻飘飘'班帮我们设计剪纸游戏好吗？"

所有同学齐声叫好，大家又开始热热闹闹地讨论要怎么在'让我们看云去'的活动中，找到最令人目不转睛、让人望眼欲穿的那片云。

只有书包校长在一旁自言自语："唉！其实你们都猜不到我心中的第三个生日愿望，那就是……明年我不想再延后过生日。因为——你们这群孩子把 4 月 3 日看成 4 月 8 日啦！"

❻ 书包校长的终极生日密码，让人"看"得眼花缭乱！

好用成语、词语秘籍

◆紧迫"钉"人　10、15页
解释 | 改写自"紧迫盯人"，原意密切注视、防止对方进攻或开始进行某事的动作。
本书用法 | 形容订书机小子紧盯每一件事，急于帮忙的模样。

◆无影无踪　11页
解释 | 消逝得没有踪迹。
本书用法 | 形容彩纸妹妹很快消失在订书机小子面前。

◆自告奋勇　11页
解释 | 主动请求承担冒险或犯难的事。
本书用法 | 描述订书机小子自己主动要帮铅笔盒老师的忙。

◆议论纷纷　13页
解释 | 不停地揣测、讨论。
本书用法 | 描述文具精灵们不停谈论订书机小子热心过头的举动。

◆平分秋色　13页
解释 | 形容两者一样出色，完全分不出高下。
本书用法 | 描述三秒胶哥哥觉得自己的魔法并不输给订书机小子。

◆毫不逊色　13页
解释 | 和他人比较起来，一点儿也没有落后的样子。
本书用法 | 描述三秒胶哥哥觉得自己的魔法一点儿都不会输给订书机小子。

◆忿忿不平　14页
解释 | 因愤怒而感到心中不平。
本书用法 | 形容三秒胶哥哥很不服气的心情。

◆当仁不让　14页
解释 | 指遇到应该做的事，主动承担起来而不推让。
本书用法 | 描述胶水姐姐为订书机小子热心帮忙的精神进行辩解。

◆打圆场　14页
解释 | 替人调解纷争或撮合事情。
本书用法 | 指胶水姐姐劝大家不要再吵架了。

◆话中有话　15页
解释 | 言语中含有其他的意思。
本书用法 | 形容透明胶带弟弟的话有别的意思。

♦ 欺人太甚　16 页
解释 | 欺凌他人，到了使人无法容忍的地步。
本书用法 | 描述胶水姐姐对订书机小子自吹自擂的看法。

♦ 兴致勃勃　16 页
解释 | 形容对一件事的兴趣非常浓厚的样子。
本书用法 | 形容订书机小子非常热心地想要去帮字典老师的忙。

♦ 一溜烟儿　16 页
解释 | 形容动作飞快的样子。
本书用法 | 描述订书机小子一下子就不见了。

♦ 一股脑儿　17 页
解释 | 全部、通通。
本书用法 | 描述订书机小子想要把工作一次做完。

♦ 生龙活虎　18 页
解释 | 比喻一个人的动作活泼勇猛，精神旺盛。
本书用法 | 形容订书机小子帮忙时很有精神的样子。

♦ 精疲力竭　19 页
解释 | 形容精神极为疲乏，力气用尽的样子。
本书用法 | 描述订书机小子做事做得很累的样子。

♦ 心急如焚　19 页
解释 | 形容心中十分着急，急得像火烧一般。
本书用法 | 描述订书机小子做不完工作的紧张心情。

♦ 语重心长　21 页
解释 | 言辞真诚具有影响力，情意深长。
本书用法 | 形容字典老师感谢大家帮忙的同时，叮嘱大家要量力而行。

♦ 自信满满　21 页
解释 | 对自己充满信心。
本书用法 | 形容胶水姐姐对自己的魔法能力很有信心。

♦ 不甘示弱　22 页
解释 | 不情愿表现得比别人差。
本书用法 | 形容透明胶带弟弟觉得自己的魔法能力不会输给别人。

♦ 顾名思义　24 页
解释 | 看到名称，就联想到它的含义。
本书用法 | 描述地球仪老师的名字和他的长相相符。

♦ 博学多闻　25 页
解释 | 学问广博，见识丰富。
本书用法 | 形容地球仪老师看起来很有学问。

◆面红耳赤　25 页
解释丨羞愧、焦急或发怒的样子。
本书用法丨指直尺小子和圆规妹妹上课聊天被提醒,一脸不好意思的模样。

◆一目了然　26 页
解释丨看一眼就能完全清楚。
本书用法丨指地球仪老师要求地图作业要画得让人一眼就能看清楚。

◆雀跃不已　26 页
解释丨比喻心中非常开心。
本书用法丨描述直尺小子和圆规妹妹觉得对新作业很拿手而十分开心。

◆同心协力　26 页
解释丨团结一致,共同努力。
本书用法丨指大家一起努力合作完成画地图的作业。

◆胸有成竹　26 页
解释丨比喻做事之前已经有通盘考虑。
本书用法丨形容木头铅笔小子对画地图的作业很有把握。

◆目瞪口呆　26 页
解释丨受惊或受窘,以致于睁大眼睛看着对方,说不出话来。
本书用法丨指直尺小子希望让地球仪老师对他们的表现感到惊讶。

◆牛头不对马嘴　27 页
解释丨比喻答非所问或事物两下不相符。
本书用法丨指圆规妹妹觉得不锈钢剪刀小子讲话常答非所问。

◆刮目相看　27 页
解释丨用新的眼光来看待。
本书用法丨指木头铅笔小子纠正直尺小子不要误用"目瞪口呆"这个成语。

◆惊魂未定　29 页
解释丨受惊吓后,心情还不平静的样子。
本书用法丨形容圆规妹妹受惊后紧张的样子。

◆百思不得其解　29 页
解释丨指经过不断思索,仍然不能找到答案。
本书用法丨指直尺小子和圆规妹妹猜不出来为什么会有红色的积水。

✦**花容失色** 29 页
解释 | 形容女子受到惊吓，像花朵般美丽的容貌因此失去颜色。
本书用法 | 指橡皮擦女孩被吓到的慌张表情。

✦**忐忑不安** 29 页
解释 | 心绪起伏不定的样子。
本书用法 | 形容橡皮擦女孩十分不安的心情。

✦**高深莫测** 29 页
解释 | 形容个性或做法不容易被看清楚。
本书用法 | 这里是双关语，指直尺小子的魔法很高明，不易被了解或看出来。

✦**头头是道** 31 页
解释 | 说话非常有条理、很有说服力的样子。
本书用法 | 指直尺小子对外星人的种种推测，讲得很有道理。

✦**抽丝剥茧** 32 页
解释 | 细致地逐步分析，探求事情的真相。
本书用法 | 形容木头铅笔小子学习侦探办案手法的行动。

✦**变幻莫测** 32 页
解释 | 事物变化多端，难以预测。
本书用法 | 指直尺小子认为外星人的行为很难预料。

✦**追根究底** 33 页
解释 | 追查探究事物的根本。
本书用法 | 形容橡皮擦女孩追究起外星人到底是从哪里来的。

✦**灵光一闪** 33 页
解释 | 指突然出现智慧、思想、思路的灵感。
本书用法 | 形容圆规妹妹突然推理出外星人的行踪。

✦**异口同声** 33 页
解释 | 指许多人同时说一样的话。
本书用法 | 指文具精灵们同时都觉得外星人要占领校门口。

✦**愁容满面** 34 页
解释 | 意指心情悲伤忧愁。
本书用法 | 描述木头铅笔小子十分担心的样子。

◆**破涕为笑**　37页
解释｜指停止哭泣，转而露出笑容。比喻转悲为喜。
本书用法｜形容三色圆珠笔娃儿心情变好的样子。

◆**渐入佳境**　39页
解释｜比喻环境逐渐好转或对某事趣味渐浓。
本书用法｜指三色圆珠笔娃儿逐渐习惯学校的环境。

◆**远近驰名**　40页
解释｜名声流传极广，无论远近的人都知道。
本书用法｜指文具三结义非常有名，大家都知道。

◆**互别苗头**　41页
解释｜彼此互相较量、分出高低。
本书用法｜指魔力铁三角想要和文具三结义竞争，看谁比较厉害。

◆**出口成章**　41页
解释｜喻才思敏捷，谈吐有学问。
本书用法｜指木头铅笔小子讲话很有条理、也很有学问。

◆**一举成名**　41页
解释｜因完成一件事而声名远播。
本书用法｜指魔力铁三角想要和文具三结义一样，变得很有名。

◆**欲哭无泪**　43页
解释｜比喻极度哀伤或无奈的心情，想哭都哭不出来。
本书用法｜形容字典老师看到同学所写的爆笑造句感到难过又无奈。

◆**大发雷霆**　43页
解释｜比喻发怒、大声责骂。
本书用法｜指字典老师以为书包校长要发脾气。

◆**捧腹大笑**　44页
解释｜大笑时用手捧着肚子。形容遇到极可笑的事，笑得无法控制。
本书用法｜描写书包校长夸张大笑的样子。

◆**先声夺人**　47页
解释｜抢先以声势来压倒别人。
本书用法｜形容文具三结义和魔力铁三角都想要先抢到答题权。

◆**词不达意**　47页
解释｜所用的言词无法准确表达心意。
本书用法｜这里指这句成语是比赛中大家抢答的题目之一。

◆**一览无遗**　48页
解释｜一眼望去就看得相当清楚，毫无遗漏。
本书用法｜这里指这句成语是比赛中大家抢答的题目之一。

✦ 求好心切 49 页
解释 | 急切地想把事情做得更好。
本书用法 | 指橡皮擦女孩想快点儿答对,但最后还是答错。

✦ 不假思索 50 页
解释 | 不用思考,用不着动脑。
本书用法 | 指木头铅笔小子想都不想就抢先回答。

✦ 正经八百 52 页
解释 | 形容极为严肃认真。
本书用法 | 描述常开玩笑的书包校长很认真地出题。

✦ 食指大动 52 页
解释 | 将有美味的东西可以吃,或面对美食而食欲大开。
本书用法 | 指题目中美味的菜肴让人垂涎三尺。

✦ 捉摸不定 52 页
解释 | 无法预料,估量不。
本书用法 | 描写词语比赛中书包校长的想法常让大家搞不清楚。

✦ 目不转睛 53 页
解释 | 眼球一动不动地盯着看。形容凝神注视的样子。
本书用法 | 词语比赛中描述字典老师很美丽,让人移不开目光。

✦ 不分轩轾 54 页
解释 | 比喻对待二者的态度或看法差不多,分不出高下。
本书用法 | 觉得文具三结义和魔力铁三角两队表现一样好。

✦ 鸦雀无声 54 页
解释 | 形容非常安静。
本书用法 | 指词语比赛大家安静地听书包校长宣布比赛结果。

✦ 别出心裁 57 页
解释 | 独具巧思创意,和一般人做的不一样。
本书用法 | 形容文具精灵要准备交换的礼物很特别。

✦ 从长计议 61-62 页
解释 | 慢慢地仔细商议。
本书用法 | 描述精灵同学分组讨论要送些什么礼物。

✦ 灯火通明 62 页
解释 | 形容灯光非常明亮。
本书用法 | 指学校校医室在午休时开着很亮的灯。

✦ 事有蹊跷 63 页
解释 | 事情怪异可疑或违背常理。
本书用法 | 彩纸妹妹看到其他同学也出现在校医室,感到很奇怪。

◆<u>英雄所见略同</u>　65 页
解释｜指杰出人物的见解大致是相同的。
本书用法｜指胶棒小美女认为橡皮擦女孩想的点子和自己一样好。

◆<u>闷闷不乐</u>　65 页
解释｜心情忧郁不快乐。
本书用法｜形容胶棒小美女曾经生病住院的心情。

◆<u>不疾不徐</u>　66 页
解释｜不快不慢，形容能掌握事情进展的适当节奏。
本书用法｜形容彩纸妹妹说话稳重的样子。

◆<u>心有灵犀</u>　66 页
解释｜指两人情意相通，想法能互相契合。
本书用法｜形容精灵同学们觉得彼此很有默契。

◆<u>礼轻情意重</u>　69 页
解释｜礼物虽然不算贵重，但情意却很深厚。
本书用法｜形容文具精灵们送给好样儿文具之家的礼物很有心意。

◆<u>迫不及待</u>　69 页
解释｜急迫得不能再等了。
本书用法｜形容文具精灵急着打开信件的心情。

◆<u>雨过天青</u>　71 页
解释｜形容雨后刚出现时的蓝天。
本书用法｜形容因为大家的爱心，让处于逆境的同学有了好心情。

◆<u>眼花缭乱</u>　72 页
解释｜形容看见复杂纷乱的东西感到迷乱。
本书用法｜指轻飘飘班的纸同学会变许多魔法，让人看不过来。

◆<u>大同小异</u>　73 页
解释｜大体相同，略有差异。
本书用法｜形容纸书签姑娘的魔法并不特别。

◆<u>书香门第</u>　74 页
解释｜世代读书的人家。
本书用法｜形容纸书签姑娘平时很爱看书，觉得自己很有学问。

◆**博而不精**　75 页
解释 | 学识广博，但不精深。
本书用法 | 指纸书签姑娘书看得多却没有研读透彻。

◆**垂头丧气**　75 页
解释 | 形容失意沮丧的样子。
本书用法 | 指纸书签姑娘因不会其他魔法而沮丧的样子。

◆**五花八门**　76 页
解释 | 比喻形形色色、变化多端。
本书用法 | 描述"好有用市集"的摊位很热闹。

◆**名扬四海**　78 页
解释 | 好的名声流传广远。
本书用法 | 形容名片先生觉得自己可以被当作书签，到处被使用。

◆**忧心忡忡**　78 页
解释 | 一脸忧愁不安的样子。
本书用法 | 形容纸书签姑娘担心名片先生也会变自己的魔法。

◆**不可思议**　79 页
解释 | 无法想象，难以理解。
本书用法 | 形容纸书签女孩没有想到连衣标小姐也会自己的魔法。

◆**物尽其用**　80 页
解释 | 尽量发挥东西的效。
本书用法 | 衣标小姐觉得自己也可以当作书签来使用。

◆**交头接耳**　80 页
解释 | 众人低声私语。
本书用法 | 描述纸书签姑娘和彩纸妹妹彼此轻声交谈。

◆**不可置信**　83 页
解释 | 出乎意料，很难让人相信。
本书用法 | 形容纸书签姑娘不敢相信直尺小子和便利贴小子也出现在会场中。

◆**五味杂陈**　83 页
解释 | 形容心里像有各种滋味般感触很多，或指心里不好受。
本书用法 | 形容纸书签姑娘复杂无比的心情。

◆**奋发向上**　83 页
解释 | 振奋精神，努力向上。
本书用法 | 指彩纸妹妹希望纸书签姑娘要多努力，多练习魔法。

◆**恍然大悟**　84 页
解释 | 心里忽然明白。
本书用法 | 指纸书签姑娘突然明白精灵同学们觉得她太懒惰了。

◆见贤思齐　84页
解释｜看到贤能的人，便想要去效法他。
本书用法｜指纸书签姑娘想要学习其他人，多学会别人的专长。

◆不知所措　86页
解释｜不知道怎么办才好。
本书用法｜形容直尺小子担心纸书签姑娘也学会自己的测量魔法。

◆东倒西歪　86页
解释｜摇晃欲倒的样子。
本书用法｜形容所有精灵同学夸张大笑的样子。

◆啼笑皆非　87页
解释｜形容让人不知如何是好，不知如何表达情绪。
本书用法｜指纸书签姑娘对彩纸妹妹抢着变自己的魔法，觉得不知该怎么办。

◆声名大噪　88页
解释｜声望名气大为提高。
本书用法｜指创意魔法学校因为把爱心送给好样儿文具之家而变得大大有名。

◆有声有色　88页
解释｜形容表现得精彩动人。
本书用法｜形容书包校长把创意魔法学校办得很好。

◆有目共睹　88页
解释｜比喻表现极为清楚明显，大家都看得到。
本书用法｜形容创意魔校精灵同学们的表现，所有人都注意到了。

◆耳聪目明　90页
解释｜形容脑筋灵敏活泼。
本书用法｜指打洞器小子反应快。

◆费了九牛二虎之力　92页
解释｜比喻需要花极大的力气或心力去完成一件事。
本书用法｜指木头铅笔小子花了很大力气，才打听到书包校长哪一天生日。

◆守口如瓶　92页
解释｜比喻严守秘密，不泄漏给别人知道。
本书用法｜指木头铅笔小子要大家守住派对的秘密，不要让书包校长知道。

◆<u>垂涎三尺</u>　93 页
解释 | 口水流下三尺长。形容很贪吃或看见别人的东西想据为己有。
本书用法 | 指创意魔法学校里新成立的厨艺教室名称。

◆<u>能言善道</u>　95 页
解释 | 口齿伶俐、很会说话。
本书用法 | 形容书包校长口才好。

◆<u>吞吞吐吐</u>　95 页
解释 | 形容说话不直接，一副要说不说的样子。
本书用法 | 形容书包校长讲话突然变得结巴，欲言又止。

◆<u>罪魁祸首</u>　99 页
解释 | 领导或策划犯罪或造成祸事的首要人物。
本书用法 | 指做出咸蛋糕的人就是视力不好的不锈钢剪刀小子。

◆<u>孔武有力</u>　100 页
解释 | 形容力气很大。
本书用法 | 指美工刀人指出不锈钢剪刀小子写错字，把孔武有力写成孔武有"刀"。

◆<u>力争上游</u>　100 页
解释 | 不断努力以求取上进。
本书用法 | 指美工刀人指出不锈钢剪刀小子写错字，把力争上游写成了"刀"争上游。

◆<u>借力使力</u>　100 页
解释 | 借别人的力量给自己用。
本书用法 | 指美工刀人指出不锈钢剪刀小子写错字，把借力使力写成借"刀"使"刀"。

◆<u>牵一发而动全身</u>　100 页
解释 | 比喻更动一小部分，就会影响全局。
本书用法 | 指圆规妹妹消遣不锈钢剪刀小子的话语。

◆<u>因小失大</u>　101 页
解释 | 为了小原因而耽误了大事。
本书用法 | 指放大镜医生提醒大家不要一直玩手机，以免损害视力。

◆<u>望眼欲穿</u>　102 页
解释 | 形容深切的盼望与期待。
本书用法 | 指大家想要找到值得一看的云朵。

文具精灵的写作课 ③

懂得写出金句子，就能激发好灵感！

前两册我们练习的写作魔法，都比较偏重如何构想一个完整的故事，这一次我们要来教大家三大好用句型，让你在造句的同时写好一篇文章的"破题"。"破题"就是开头，相信大家都有练习造句的经验，但懂得运用以下句型快速"破题"，更容易激发灵感，更快进入欲罢不能的写作状态之中。

时空／事件（X）＋主角定位法（Y）

诀窍：先把你要描述故事的时空（X）写出来，再联想到这个时空里的主角（Y），说了什么、做了什么或发生了什么事。

句型范例：

X＝某个时空／事件，Y＝人／事／物＋就……
X＝自从……，Y＝我（的心情）就……
X＝每当……，Y＝爸爸（的眼神）就……
X＝想起……，Y＝某某某（的声音）就……
X＝随着……，Y＝文具什么东东村（的天气）就……

例句：

1. 自从上次考试考得一塌糊涂，我就每天都吃不好、睡不着，一直想着要怎么利用下次机会好好雪耻，于是我……
2. 每当气象报告一发布台风警报，爸爸就会开始愁容满面，因为……

万中取一锁定法（X-Y-Z）

诀窍：句这种句型可以先强调你最重视的人／事／物（X），以及这个主角（Y）的最大特色（Z），然后继续加以发挥。

句型范例：
X和Y＝人／事／物，Z＝形容词或一段感想。
在所有的x当中，（我认为）y是最z的。

例句：
在所有教过我的老师当中，小学五年级时的班主任——余老师让我印象最深刻，我最感谢她，因为她让我及早发现了自己的三个缺点……

惊叹＋5W1H法

诀窍：除了言之有物之外，文章开头吸引人才能让你的想法被看见，进而有兴趣读完。所以用以下的破题词语开头，紧接着加上相关的5W1H（何人Who、何事What、何时When、何地Where、何因Why、何法How）来解释、铺陈，绝对会让读者想要一探究竟。

句型范例：
竟然有这种事！（接下来谈：什么事？）
原来他们是这样做的！（接下来谈：做什么？）
实在太好了！（接下来谈：什么事情太好了？）
真的没有人猜得到！（接下来谈：猜不到什么？）

例句：
1. 竟然有这种事！我的书包不见了……话说今天早上上学的时候……
2. 实在太好了！你一定不敢相信我兑了三张发票，居然全中奖了！原来我以为……

以上这三种黄金破题句型，可以让你的文章开头既新鲜又有变化，最重要的是，可以让本来"想法缺缺"的你，突然文思泉涌，灵感喷发，下次写作时不妨试试看！

打造金句卷
爆笑词语大乱斗

版权专有　侵权必究

图书在版编目（CIP）数据

文具精灵国：跟着童话学写作. 打造金句卷：爆笑词语大乱斗 / 郭恒祺著；BO2绘. —北京：北京理工大学出版社，2022.1
ISBN 978-7-5763-0662-0

Ⅰ.①文… Ⅱ.①郭… ②B… Ⅲ.①童话—作品集—中国—当代 Ⅳ.①I287.7

中国版本图书馆CIP数据核字(2021)第232417号

北京市出版局著作权合同登记号　图字：01-2019-5590
本书简体中文版权由小鲁文化事业股份有限公司授权出版
ⓒ2022HSIAO LU PUBBLISHING CO.LTD.

出版发行	/	北京理工大学出版社有限责任公司
社　　址	/	北京市海淀区中关村南大街5号
邮　　编	/	100081
电　　话	/	（010）68913389（童书出版中心）
网　　址	/	http：//www.bitpress.com.cn
经　　销	/	全国各地新华书店
印　　刷	/	雅迪云印（天津）科技有限公司
开　　本	/	880毫米×1230毫米　1/32
印　　张	/	15
字　　数	/	600千字
版　　次	/	2022年1月第1版　2022年1月第1次印刷
定　　价	/	140.00元（共4册）

责任编辑 / 姚远芳
责任校对 / 刘亚男
责任印制 / 王美丽

图书出现印装质量问题，请拨打售后服务热线，本社负责调换

文具精灵国
跟着童话学写作 ④

主题立意卷

魔法开书店

郭恒祺 著 BO2 绘

多一本书店 Morebook Bookstore

北京理工大学出版社
BEIJING INSTITUTE OF TECHNOLOGY PRESS

作者序

只要连小事都坚持，凡事就没有不可能！

写这篇作者序的前一天，我陪儿子轩轩在练一首小奏鸣曲，他因为初学这首曲子，所以把原本应该像高铁般快速的曲子，弹成了公交车一样慢的节奏。我在一边听到音符屡屡误点，实在不太舒服，一时技痒和他换手来弹，没有想到，这首四十年前弹过的十页长曲，我居然还能一口气弹完不落拍，有的段落甚至还可以不看谱盲弹，听得轩轩这小子目瞪口呆，直呼怎么可能！

我跟儿子说："别羡慕，你也一定可以做到。这不是爸爸过目不忘，而是以前像你这么大的时候，我曾下过苦功。爸爸想告诉你的，不是我把曲谱记得有多牢，而是我做到了先把学习态度摆正。只要你有坚持到底的学习态度，没有什么事是不可能的！"

巧的是，这一集六个故事中的主角们，也不约而同地具有这样不服输的特点。平时总是傻里傻气的橡皮擦女孩，居然不知天高地厚地想要参加画画比赛，这个比赛平时可是只有笔同学才参加的；爱看书的书套大帅哥和书衣小美女，想要完成开一家书店的目标，虽然大家觉得这是异想天开，但是他们却完成了这个不可能的心愿，他们是怎么做到的呢？还有其他有趣的小故事，都藏着各种达成心愿的小秘诀。

文具精灵们不但用聪明化解了男女同学之间的纷争，还勇敢地接受来自厨具精灵的挑战，展开了一场棒球大战，最后的结局更是出乎大家意料。

不只文具精灵们有这样的勇气，连书包校长和老师们也想方设法，用原本觉得不可能的方法，完成心目中想要达成的目标。书包校长发起了让大家觉得莫名其妙的"追风行动"，让所有精灵同学学会放慢脚步、从不同角度看到更多不同的风景；字典老师发明了只有爸爸妈妈才能写的考卷，发现了许多不为人知的惊人秘密；书包校长运用了一点儿巧思，就让原本不擅于写信的文具精灵们爱上了写信。这些故事都说明，凡事只要起一个念头、坚持去做，就可以结出累累果实——小朋友们良好的心理素质，就是这样点滴累积起来的。

我始终相信，小朋友们的心理素质，永远比成绩重要。要是没有在小学阶段启动他们的奋斗基因，未来很难让他们自动自发地面对困难。这些文具精灵不服输的精神，来自一股"我不相信做不到"的力量，小朋友们也一定可以的！

本集延续了前几册生词在文中标蓝色，谐音词标绿色的设计，此外，我特别在本集后面所附的《文具精灵的写作课4》里，整理了十大黄金关联词，教大家如何运用它们，使句子读起来更具反差、更有张力和吸引力，紧紧牵动读者的情绪，激起读者想继续看下去的好奇心。想在写作路上持续精进，必须尽早培养孩子们造句的能力，不能只把造句当成一般的作业草草了事，造句能力绝对是阅读和写作素养的基石。最后我想告诉大家："有没有慧根不是重点，能不能扎根才是关键。"希望"文具精灵国"系列的每一集故事，都能给所有读者的心灵怦然一击，给大家带来无限乐趣！

人物介绍

书包 校长

创意魔法学校的创办人，是文具精灵界德高望重的资深魔法教授。笑起来有酒窝，爱吃美食，生性乐观、开朗，鬼点子特别多。喜欢打探文具精灵们的消息，在校园里神出鬼没，是个老顽童。

字典 老师

刚加入"创意魔法学校"的美丽女老师，有一双水汪汪的大眼睛，气质优雅但容易脸红害羞。精通各国语言，尤其是中英文。对学生有问必答，是文具精灵们倾诉心事的好老师。

铅笔盒 老师

书包校长的得意门生和助手。有一张帅气的明星脸，头上长着一根天线，肚子里总是藏着一些神秘的魔法道具。个性温柔有礼，但对文具精灵训练要求高。偷偷对字典老师有好感。

不锈钢剪刀 小子

"分得开"班的急先锋。个性冲动，心直口快又好强，认真做起事来相当利落。爱帮同学排解难题，却常忘了自己才是引起纷争的原因。

木头铅笔小子

"笔一笔"班头号风云人物。身材修长,最爱练习写字,到处写个不停,个性耿直又爱打抱不平。他和橡皮擦女孩、卷笔刀人组成"文具精灵三结义",号称创意魔法学校的第一个偶像团体。

橡皮擦女孩

"爱整洁"班的开心果,也是木头铅笔小子的忠实粉丝。身材圆滚滚的,常一跳一跳地走路。有点傻乎乎的,但心地善良,后知后觉,是标准的乐天派。她非常爱干净,最爱自愿当班上的值日生。

卷笔刀人

"分得开"班年纪最小的同学,是木头铅笔小子的指定造型师,只有他能把铅笔头削得尖尖的。他的个性也和身材一样,四四方方常钻牛角尖,有时会把心事闷着不说而暗自伤心,和班上同学意见也常常不一致。

直尺小子

"守规矩"班的热血代表,十五厘米的身高,却有着想要和天一样高的志气。个性"直"来"直"去的他,不仅担任学校的纪律委员,更是各科老师上课时不可或缺的小帮手。

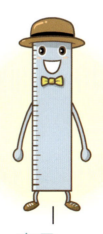

人物介绍

厚纸板姐姐

"轻飘飘"班体重最"不轻"的大姐大，很有正义感，但讲话大刺刺，嗓门大，经常路见不平挺身而出。"分得开"班的不锈钢剪刀小子和美工刀人最怕她。

圆规妹妹

"守规矩"班新来的转学生。个性文静内向，热爱跳芭蕾舞，凡事力求完美，常搞得自己很累。一件事常先想半天，又不敢行动，渴望结交更多的新朋友。

水彩笔哥哥

"笔一笔"班的彩绘高手，脸上总是带着微笑，最爱喝水，喝饱水就会想画画，班里的墙上都是他的杰作。有点儿崇拜油画笔大姐，却常常跟她斗嘴。梦想是有朝一日可以云游四海，到世界各地写生、开画展。

油画笔大姐

画画功力一流，讲义气，也是小画家金牌大奖得主。全身上下充满艺术家的气质，爱挑染不同颜色的头发，个性好强不服输，作品常常让人惊艳不已。知名画家梵高是她的偶像。

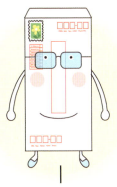

信封 学长

"轻飘飘"班的杰出校友,在"我相信"邮局上班。身材瘦瘦长长,戴着一副细框眼镜,最爱让邮票宝宝们贴在自己身上,或是到自己的肚子里休息。方向感极佳,总能找到收件地址,使命必达。

书套 大帅哥

来自"手机刷刷国"的交换生,绰号"透明人"。个性温暖,最想帮小朋友保护好课本,将为书本挡掉脏污作为毕生志愿,想要开一家与众不同的书店。

信纸 学姐

"轻飘飘"班的杰出校友,在"我相信"邮局上班,最爱穿有横条纹的衣服,让笔同学们在自己身上写信,兴趣是把自己折成各式各样不同的动物形状,尤其最爱折成纸鹤。

书衣 小美女

来自"手机刷刷国"的交换生,个头娇小,负责保护开本较小的口袋小说。很注意流行风向,爱换穿不同颜色的格子纹洋装。和书套大帅哥一样,想要开一家书店。

目录

作者序	02
人物介绍	04

1 橡皮擦女孩的"梦哪里傻"涂鸦大挑战 … 10

2 直尺小子的"追风行动" … 26

3 文具精灵全都换到"守规矩"班,变乖了? … 42

CONTENTS

4 "我相信"邮局的"信不信？邮你！"活动　　56

5 创意魔校的"轰轰轰"队和好滋味小学堂的"焱焱焱"队棒球大对决！　　70

6 名字里有"书"的文具精灵要开书店啰！　　88

好用成语、词语秘籍　　104

文具精灵的写作课 ❹　　112

橡皮擦女孩的"梦哪里傻"涂鸦大挑战

从"文具什么东东村"翻过一座巍巍山头，再过一条弯弯大河，就是著名的"怪古奇稀市"，这也是创意魔法学校"笔一笔"班同学们最想要去朝圣的地方，因为，两年一度的"小画家金牌大赏"比赛就要在那儿举办。

身为"笔一笔"班的同学，画画当然比较厉害啰！一看到学校布告栏张贴出一个月后要进行比赛的消息，水彩笔哥哥马上就回到班上，跟所有笔同学讨论谁去参赛。

油画笔大姐刚好是上一届金牌得主，她马上摆出一副当仁不让的模样说："这还用说，当然是我蝉联冠军，达成二连霸！"

水彩笔哥哥一听，很不服气："我看你已经是今非昔'笔'了。"

油画笔大姐瞪了他一眼："谁说我今天没洗笔的，我每次画完都会打开水龙头洗头，我可是很爱干净的好吗？"

一旁的彩色笔人好心地解释："不是啦！他说你今非昔比，是指你的画画功力大不如前啦！"

油画笔大姐对水彩笔哥哥的说法感到不以为然："真好笑，上次比赛你不就是我的手下败将？"

这时木头铅笔小子赶忙出来打圆场："大家别吵了，我们先决定每个人画什么比较重要啦！"

"也对！我今年想要学画家梵高，画幅自画像……"油画笔大姐拨了拨自己的头发，一派轻松地说。

"你果然跟梵高一样，他是全世界最自恋的画家，画了一大堆自画像。"水彩笔哥哥说，"那我

想学画家蒙克,画一幅《呐喊》。"

粉蜡笔人笑得很开怀:"水彩笔哥哥,你是不是压力很大啊!想学那幅名画的主角一样,张开嘴巴捂住耳朵,大声喊出来。"

水彩笔哥哥不好意思地承认:"压力是……有一点儿啦,不过这幅《呐喊》可是全世界叫得最大声的画呢!"

大家讨论得口沫横飞,不知何时,橡皮擦女孩出现在教室门口,要找木头铅笔小子聊天。

"你们在讨论画画比赛的事啊?我……我也梦

想着参加呢。"橡皮擦女孩天真地说。

彩色笔人和粉蜡笔人马上反驳:"你?你又不是笔,不符合比赛要求。画画就和写字一样,是我们的专长哦!"

油画笔大姐和水彩笔哥哥也觉得不可思议:"橡皮擦女孩,你的梦想也太傻了吧!你就帮木头铅笔小子擦擦改改就好了,画画魔法可不是谁都会变的啊!"

"什么!我的梦想哪里傻啊?"橡皮擦女孩被"笔一笔"班的同学泼了一大盆冷水,心里很不是滋味,木头铅笔小子连忙把她拉出教室,两人一起走到聊天树下聊天。

木头铅笔小子好心地安慰橡皮擦女孩:"你不要听他们胡说八道啦!"

"算了!他们说得其实也没错,毕竟我是'爱整洁'班的同学,平时只能帮忙'擦擦改改'你的字和画。梦想要参加画画比赛……不过是我自己异想天开而已。"

木头铅笔小子继续鼓励橡皮擦女孩："你不要这么容易放弃嘛！我也看过比赛报名表了，上面并没有限定报名条件。也就是说，谁都可以参加。"

"话是这么说，但问题是我又不是笔，根本不会你们的画画魔法啊？我怎么画出东西呢？"橡皮擦女孩烦恼地一直挠头，橡皮屑又掉了满地。

"这个嘛……行！我来想办法，然后帮你报名！"

木头铅笔小子认为自己是"文具三结义"的发起人，现在"三结义"的一员——橡皮擦女孩遇到了难题，自己当然要义不容辞地跳出来帮忙。

所以这天放学排队时，木头铅笔小子把同样是"文具三结义"的卷笔刀人拉到身边，然后又去"轻飘飘"班找图画纸大哥,三个人神秘兮兮地一起走出校门,往学校附近的公园出发,准备从长计议。

"我有个好点子,能让橡皮擦女孩顺利参加小画家金牌大赏!"木头铅笔小子想偷偷请这两位同学一起帮忙。

卷笔刀人开心地大叫:"助人为快乐之本,不,助人是快乐的全部!身为'分得开'班一分子的我,一定要拔刀相助。"

平时就古道热肠、急公好义的图画纸大哥也说:"好兴奋哦!是什么点子,你快说!"

"嘘!大家小声一点儿,就是这样……,然后那样……"

木头铅笔小子在公园里的沙坑区画来画去,向两位帮手说明这个点子的来龙去脉。

"这样……真的行吗?"听完说明的图画纸大

哥,觉得木头铅笔小子的点子有点儿冒险。

卷笔刀人比较乐观:"我觉得这个做法很棒,我相信橡皮擦女孩一定做得到!"

木头铅笔小子很有自信地拍拍胸脯:"你们放心,我会去跟橡皮擦女孩先好好练习一番,到正式比赛就能见分晓了。"

等了又等,一个月后的"小画家金牌大赏"比赛终于到来。

一大清早，贴心的书包校长特别派出创意魔校的"叭叭叭"魔法校车，载着所有参赛同学一起抵达"怪古奇稀"市的比赛会场——知名的"画中有画"画廊参加比赛。

　　"不用紧张，像平时一样使出我们这个月练习的魔法就好了！"木头铅笔小子陪着橡皮擦女孩走进比赛会场。

　　"好，我有信心！"橡皮擦女孩今天打扮得白白净净的，看来胸有成竹。

　　他们身后跟着一起来帮忙的卷笔刀人和图画纸大哥，还有也来参加比赛的油画笔大姐、水彩笔哥哥、彩色笔人和粉蜡笔人，一大伙人陆续进场，纷纷入座准备比赛。

　　主持人大声宣布："各位，比赛时间是一小时整，请开始作画！"

　　放眼望去，所有参赛选手都是笔类同学，还

有来自其他学校的炭笔家族和彩色铅笔家族。大家都挥动着笔刷或笔杆开始热身，准备大放异彩。

沾满颜料的油画笔大姐**挥洒自如**，没两三下功夫，画布上就出现了形似她的身影，她画的果然是自画像。

水彩笔哥哥则**轻描淡写**，一下子就描绘出和画家蒙克作品神似的水彩版《呐喊》。

橡皮擦女孩一动不动地站在一旁，非常冷静。

这时，木头铅笔小子突然一股脑儿钻进卷笔刀人的肚子里，让卷笔刀人快速旋转，把他的石墨笔头削得尖尖的，然后躺在图画纸大哥的身上，用笔芯摩擦，发出"唰唰"的声响，左右来回地在图画纸大哥身上涂了一层又一层的黑色。

最后，原本像鲜奶一样白的图画纸大哥，整个都变成像包青天的脸一样黑的石墨纸。

橡皮擦女孩这时才华丽登场，她轻快地在图

画纸大哥黑成一片的画纸上擦擦改改,她走过的地方先全部变成灰色,如果她的脚步再踏得用力一点儿,走过的地方就全变成了白色。

"凡走过黑色土地,必留下白色痕迹!"橡皮擦女孩开始喃喃地念着她独家的魔法咒语。

"不会吧!难道这就是失传已久,把黑色变不见的魔法?"一边的参赛者简直不敢相信自己看到的奇迹。

木头铅笔小子和卷笔刀人在一旁,连大气都

不敢喘一下，原本黑黑的纸上，经过橡皮擦女孩东擦擦西改改，形成了一张黑底白条、白色块和白色光影的脸。

"我完成了！"橡皮擦女孩一直努力到比赛的最后一秒，卖力地表现自己平日的观察和创意，原本白白的皮肤都被她弄得脏兮兮的。

不过大家仔细一看，出现在图画纸上的黑白作品，竟然是一个面带微笑的女生。

"各位评审老师，我特别把这幅作品取名为——《"梦哪里傻"的微笑》。"

水彩笔哥哥歪着头又正着头，认真地看了又看："奇怪，这怎么看都不像画家达·芬奇的世界名画，挂在法国卢浮宫里展览的那幅《蒙娜丽莎的微笑》啊？"

油画笔大姐也是一脸问号："对啊！人家蒙娜丽莎可是达·芬奇心目中的绝世美女啊！你画得

好像……你不会画的是你自己吧？"

"不是的！"橡皮擦女孩的眼睛闪闪发光，"我画的是我的妈妈，当然跟我很像，妈妈才是我心中最美的蒙娜丽莎。"

所有参赛者都屏气凝神，仔细听橡皮擦女孩继续介绍她的画作。

"我认为这世界上最美的笑容，就是我妈妈的笑容。她的微笑一直鼓励我，就算是像沙粒般微小的梦想，我们也可以给自己一个机会去追寻，因为，梦想哪里分傻或不傻。这世界上没有傻的梦想，只有不怀梦想的傻瓜。"

油画笔大姐本来看橡皮擦女孩平时有点傻气以为她这次只是来搅局的，此时却非常服气地为她鼓起掌来。

所有比赛选手也纷纷跟着油画笔大姐，为橡皮擦女孩画的《"梦哪里傻"的微笑》鼓掌喝彩，

整座画廊都在讨论这幅"傻梦有傻福"的作品，让前来的木头铅笔小子、卷笔刀人、图画纸大哥也觉得与有荣焉。

比赛结束，油画笔大姐成功登上冠军宝座，而橡皮擦女孩居然获得了"评审团特别大奖"，这让她觉得意外又开心。

"谢谢你们，都是你们的好点子帮我得到了这个奖！"在返回学校的校车上，橡皮擦女孩拿着闪亮亮的奖牌，感激地向木头铅笔小子、卷笔刀人和图画纸大哥道谢。

木头铅笔小子笑着说："那是你自己的功劳啦！这个月以来我们不是都在勤练你的'变不见'魔法吗？"

"但你为了帮我，放弃了这次比赛的机会，我真的很过意不去。"橡皮擦女孩想起木头铅笔小子本来要参加插画组的比赛，却为了帮她而放弃参赛机会。

"不怕不怕，我以后想要当插画家，比赛的机会多得是！"木头铅笔小子反倒觉得能帮朋友实现梦想，是自己的福气。

"我可能没办法和你一样当插画家，但我也可以当个把'没有'变成'有'的神奇擦画家呢！"橡皮擦女孩不但感谢着妈妈给予她的鼓励和绘画灵感，而且非常珍惜这段难能可贵的友情。

2 直尺小子的"追风行动"

"快点儿啦!圆规妹妹,再不骑快一点儿,我们就要迟到了!"

清晨的乡间小路上,直尺小子戴着安全头盔,意气风发地骑着他最心爱的"旋风咻咻"十段变速越野单车,一边用力踩着踏板,一边催促着也骑着单车,但远远落在后面的圆规妹妹。这两位"守规矩"班的好同学,平时最爱一起骑车上学了。

"你等我一下,人家骑的是淑女车,怎么可能骑得跟你一样快?"圆规妹妹气喘吁吁地加快速度,拼命追赶着。

但直尺小子把圆规妹妹的话当成了"耳边风",他觉得整个创意魔法学校骑单车速度最快的就是自己。尤其今天是创意魔法学校"追风行动"的

第一天,他怎么能<u>落入下风</u>呢?

才一转眼,他就率先骑到一段布满碎石子的下坡路上,这里和学校里滑滑梯的坡度一样陡,但直尺小子觉得这样骑起来最刺激、最过瘾、速度最快。

"我——要——起飞啦!"直尺小子加快速度,准备一口气冲下斜坡,却没注意到前车轮前方刚好有一颗拳头大的石头,竟然直接碾了过去。

"哐啷"一声,直尺小子"砰砰砰"地连人带车飞了出去,又滚了十几圈,最后滚到下坡尽头才停下来。

"哎哟哎哟,头好晕,手脚好痛哦!"摔了个<u>七荤八素</u>的直尺小子久久站不起身来,追上来的圆规妹妹赶忙停下车子,再<u>小心翼翼</u>地把直尺小子扶起来。

好险好险!所幸直尺小子平时就习惯把骑车护具穿戴齐全,只是摔得有一点儿头晕,手脚也有点儿破皮,但他宝蓝色的"旋风咻咻"单车,居然摔得连车把都歪掉了。

"这可怎么办?我要怎么参加'追风行动'啊?"直尺小子扶起摔坏的"旋风咻咻",心疼又懊恼。

"你啊，这就叫欲速则不达！"圆规妹妹陪着直尺小子，一起推着车走回学校，再带他去校医室擦药。

书包校长听到直尺小子发生车祸的消息，赶忙到校医室探望，其他精灵同学们也好奇地跟去一探究竟。

"书包校长，您别担心，我没事了！"在病床上休息的直尺小子让护士阿姨擦完药，说起话来又生龙活虎了。

"哎呀，你们这群小朋友，让校长好担心啊！"书包校长紧张地拍拍直尺小子的头说，"下次记得不要骑得这么快了！"

"那我今天还能……考驾照吗？"直尺小子仍然惦记着自己能不能参加"追风行动"。

原来"追风行动"是创意魔法学校最具传统的体育活动。因为书包校长当初在创校时，曾立下一个规定：每个精灵同学在毕业前都要学会骑单车，而且至少要到校外完成一次单车越野。

但是，大家都必须在参加"追风行动"前，先通过骑车技巧和安全测验，拿到书包校长发的"一路顺风"魔法驾照，才能上路。

"当然不行，今天没有考上驾照，明天就不能参加追风行动了！"来看热闹的不锈钢剪刀小子斩钉截铁地说。

直尺小子倔强地说："我才不管，我想要最快骑完一圈回到学校，我可是文具界的车神！"

直尺小子一向很热血，去年他想要完成攀登世界第一高峰的梦想宣言，这次他决心要向速度挑战。

圆规妹妹没好气儿地对直尺小子说："谁跟你说骑得最快的就是冠军？你什么时候学会不锈钢剪刀小子那一套，变成'急先锋'的啊？"

书包校长站在一旁微笑,耐心听着精灵同学们的想法,突然间他的眼珠子开始转啊转的,不知在偷偷想些什么。

这时不锈钢剪刀小子又急着反驳:"'急先锋'有什么不好!我看你才是'慢郎中',中午吃营养午餐时,你总是全校最后一个吃完的!"

大家本来只是来关心直尺小子的伤势,这会儿却变成了争辩快和慢哪个好的小型辩论会。

厚纸板姐姐举手抗议:"老师不是教我们吃饭要细嚼慢咽吗?哪像你和美工刀人都狼吞虎咽的!"

圆规妹妹向厚纸板姐姐眨眨眼,表示同意:"龟兔赛跑也不是跑得快的兔子赢啊,何况你上课不也常常迟到?"

不锈钢剪刀小子正想再说话,这时书包校长清了清喉咙:"咳咳,大家不要急,关于今天的驾

照考试，我有一个新的想法，如此一来直尺小子既可以保留参加机会，我们的追风行动也可以顺利完成。"

"是什么新想法呢？"

精灵同学们听从书包校长的指示，马上把自己骑来的爱车都推到运动场跑道上，他们都很想早点儿知道书包校长到底在玩什么把戏。

直尺小子也推着车把被撞歪的爱车"旋风啾啾"过来了，只听书包校长宣布说："我们的驾照测验，临时改成'今天我最慢'的50米比慢比赛，也就是说，谁最快到达终点，谁就输了。而骑得最慢，最后结束时离起点最近的，就赢了！"

所有精灵同学大叫："比慢？这要怎么骑啊？那大家都原地不动，不就好了吗？"

书包校长强调："不行，大家可以骑得慢，但不能停在原地不前进，更不能想办法往后退。"

"那……我的车子坏了，怎么比呢？"直尺小子急忙问。

书包校长让他不要紧张："我们分成两组，所以你可以先跟其他同学借车骑。"

圆规妹妹自告奋勇地说："直尺小子，我的淑女车先借你没关系！"

"哔——！"书包校长的哨声响彻云霄，这场比慢比赛正式开始。第一组的精灵同学纷纷憋着一口气骑车通过起跑线，用尽全力控制车身的平衡，尽量用最慢的速度前进。

身材颇有分量的厚纸板姐姐努力地用双手操

控单车车把，脚尖轻轻踩着踏板，让车轮用比乌龟还慢的速度，左右微微晃动着一厘米一厘米地往前挪；而不锈钢剪刀小子绷紧全身肌肉，努力控制自己的脚不要踩得太快，好让车子可以缓缓而行，保持不领先。

"比慢真的好难啊，这比骑得快还要累！"每位参赛的精灵同学都骑得挥汗如雨，全身酸痛，只有直尺小子实在无法控制自己脚下快马加鞭的习惯，就算他骑的是圆规妹妹的慢速淑女车，还是忍不住多踏了几下，最后以最快速度骑完五十米，抵达终点线。

"我输了！天啊！"冲过终点线的直尺小子，简直不敢相信自己竟然会在单车比赛中失利。

"什么？我居然赢了！"离起跑线最近的厚纸板姐姐开始欢呼，平时骑车总是慢条斯理的她，竟然会在单车比赛中夺冠。

直尺小子愣在一边喃喃自语:"连圆规妹妹的淑女车都可以骑得这么快,我实在无法徐徐'途之'啊!"

很快,第二组的比赛结果也出炉了,骑着淑女车、平时就爱跳舞的圆规妹妹,因为锻炼过腿力,踩踏板也比别人多半圈,所以率先压线到达终点。而平时不运动的胶水弟弟力气不大,他骑的车反而像黏在地上一样,几乎纹丝不动,他和厚纸板姐姐一样,赢得了分组第一。

比赛结束,所有精灵同学都累得精疲力尽,东倒西歪地趴在操场跑道上休息,这可比平时上体育课跑操场十圈还要累。

"书包校长,为什么你

要我们骑慢呢?"圆规妹妹喘着气,不解地问。

腰快累到直不起来的直尺小子也一脸迷惑:"对啊!平时老师们不都是催我们凡事要快、快、快吗?"

一脸气定神闲的校长终于说出原委:"我设计'追风行动'的初衷,并不是让大家比快,而是为了鼓励大家多运动和注意交通安全。而且骑单车可以节能减碳,让我们文具什么东东村的空气更清新,这不是一举多得吗?"

厚纸板姐姐表示:"有些事的确需要越快越好,像是要赶火车或飞机的时候,早点儿到比较方便应付突发状况。"

平时最爱吃的便利贴小子则说:"不过有些事还是慢一点儿才棒,像我妈妈炖我最爱吃的牛肉,都是细火慢炖。"

书包校长说:"没错!做事很快是显示你有能

力,但有些事慢慢来,是表现你的耐心。今天大家的表现都很好,所以我宣布,明天大家都可以参加'追风行动'。大家今天早点儿回去休息吧!"

直尺小子顾不得自己的手脚还有点儿痛,高兴得跳了起来:"太棒了!我又可以参加了!"

第二天一大早,全校精灵同学在校门口集合,开始"追风行动"。他们准备骑上单车,沿着文具什么东东村旁的河堤,一路骑到村里的观光景点

——"等等我"渡船头，再折返回学校完成任务。

铅笔盒老师骑在最前面担任领队，经过昨天的比慢比赛，大家都不由自主地放慢骑车速度，因为书包校长叮嘱大家，除了要注意安全，也要享受风迎面吹来的感觉。

不锈钢剪刀小子一边慢慢骑，一边说着笑话："我看啊，大家骑这么慢，这场'追风行动'干脆改叫'逆风行动'算了！"

"哈哈,不过我确实觉得不要凡事都要风风火火的,有时也要保持优雅。"厚纸板姐姐突然有感而发。

"喂!大伙儿看到直尺小子和圆规妹妹了吗?怎么都不见人影?"骑在队伍中段的地球仪老师往前往后看,都找不到他们。

"他们会不会又骑得太快,掉进水沟里啦?"铅笔盒老师停下车开始东张西望。

只见遥远的队伍后方,直尺小子稳稳地骑着刚修好的"旋风咻咻",圆规妹妹缓缓地骑着她心爱的慢速淑女车,两人主动陪着骑车一向优雅的字典老师在队伍最后方押队,帮大家注意往来车辆和路况,招呼同学们不要落后。

"其实做事情稳稳当当的也很好嘛!"直尺小子享受着迎面而来的凉风,觉得这样骑车好舒服。

"是啊,再急的事都要事缓则圆嘛!"圆规妹妹觉得骑得慢些,反而可以看到更多美丽的河岸风景。

现在直尺小子和圆规妹妹是全校骑得最慢的人了吗?

其实根本没人发现,在离队伍尾巴更远的河堤边,有一个要用望远镜才看得出来是谁的小小黑影,那是——书包校长,他拼了老命踩着那辆像牛车一样慢的、二十年前的古董老单车,有气无力地喊着:"大家……大家等等我啊!"

文具精灵全都换到"守规矩"班,变乖了?

"喂喂!大家快点儿进教室。今天的'不说话行动'大家都要做到哦!"轻飘飘班的彩纸妹妹匆匆忙忙地到每个班级提醒同学们。

每到星期三,创意魔法学校的早自习就会迎来晨光阅读时间。

这时,每个班的文具精灵同学,都会待在教室里坐好,从教室的书柜中选一本自己喜欢的书慢慢看,书包校长则会请老师们来校长室一起吃早餐,顺便讨论这一周要教同学们哪些魔法课。

但有些平时活蹦乱跳的文具精灵,根本没有耐心乖乖坐在座位上看书,比如不锈钢剪刀小子,他一吃完早餐就会离开教室偷偷跑去上厕所;或像圆规妹妹和直尺小子,他们趁着老师不在,就会开始聊天。

最令老师们头疼的是，总是有爱迟到的文具精灵同学来不及参加晨读，特别是透明胶带弟弟，这学期居然已经迟到五次了!

"唉! 这孩子好不容易记性变好，这学期却又变得<u>拖泥带水</u>，拖拖拉拉的，真让我伤脑筋啊!"铅笔盒老师<u>忧心忡忡</u>地说。

字典老师也放下手中吃了一半的校长自制三明治，跟书包校长诉苦："本来想要训练他们<u>自动自发</u>地阅读，但看来老师们还是要待在教室盯着他们，不然的话，我怕会天下大乱啊!"

书包校长左手拿起牛奶喝了一大口，右手拿了一个奶油小面包大口咬下去："天啊! 我做的早餐怎么这么好吃!"他似乎根本没有在听字典老师在说什么。

"可是……"上学期刚来到创意魔法学校的地

球仪老师好奇地问:"你们不觉得今天他们特别安静吗?平时我们坐在校长室里,都可以听到远远传来的吵闹声呢!"

字典老师纳闷儿地说:"对呀!今天是教师节还是愚人节,日子还没到吧?"

话还没说完,只见肚子撑得饱饱的书包校长站起身来,拍手大喊一声:"各位老师跟我来吧!我们一起去散散步,顺便巡视一下,看看大家今天怎么会这么乖。"

待在各班教室的文具精灵们,老远就看见窗外的书包校长和所有老师准备慢慢走回教室,大家都在互相提醒:"嘘,校长和老师回来了!"

"不锈钢剪刀小子,你上厕所怎么上这么久,快回教室啦!"美工刀人很小声地呼唤着。

"人家肚子疼。"不锈钢剪刀小子三步并作两步地从厕所冲回教室里,还大大地喘了一口气,

"好在来得及!"

这时书包校长带领老师们走过每间教室,突然发现平时很爱迟到的透明胶带弟弟,今天居然准时到校,而且正在座位上非常专心地看书;平时老爱跑厕所的不锈钢剪刀小子,同样正襟危坐地坐在座位上看书;而平时很爱聊天的圆规妹妹和直尺小子,还故意跟同学换位子,各自专心地乖乖看书。更神奇的是,所有教室的黑板上都写着:"我们今天都是'守规矩'班的一分子,大家要乖一点儿!"

书包校长嘴角微微抽动,笑了笑,老师们更加觉得今天同学们的举动莫名其妙了!

就在这时,晨光时间的下课铃声响起,文具精灵同学都从教室里井然有序地走出来,不像平时那样争先恐后,更没有大呼小叫,大家一看到书包校长和所有老师,都很有礼貌地说:"校长好,

老师好!"

"老师,请让我们帮您拿作业本回办公室吧,您这样太辛苦了!"木头铅笔小子和橡皮擦女孩不仅问好,还主动帮字典老师把所有魔法作业本一股脑儿地全搬回教师办公室。

还有平时说话爱损人,动不动就容易得罪同学的便利贴小子,突然不知从哪里倒了一杯热茶,毕恭毕敬地端给铅笔盒老师,还说:"老师,您请慢用,小心

不要烫到哦!"

正当两位老师满脸问号时,磁铁贵公子和回形针小妹跑到地球仪老师身边,一左一右地帮他捶背:"老师,这样舒不舒服呢?我们的力道还可以吗?"

地球仪老师被他们的小手这样推来移去,一下推到东半球,一下捶回西半球,最后在原地像陀螺一样不停打转。

"哎哟!你们捶得我的地球都开始地震了!"地球仪老师走起路来都觉得晕头转向。

创意魔校的精灵同学就这样乖了一整天,乖到全部都可以当选模范生了。因为他们真的非常守规矩啊!

快放学时,三位老师和书包校长站在创意魔校最高大的聊天树下,对于

今天大家怪怪，不！是乖乖的现象，百思不得其解。

字典老师终于忍不住问书包校长："您知道这些孩子葫芦里到底卖的是什么药吗？"

书包校长一边数着聊天树上落下的叶子，一边笑着："哎呀，你们怎么都忘了，今天晚上我们学校在'大大大大大礼堂'有什么重要的活动啊？"

"今晚是一学期一次的家长会……原来如此！"三位老师齐声惊呼，"他们可能是怕我们跟爸爸妈妈告状，说他们在学校不乖的坏话！"

真相终于大白！但老师们真的会说他们的坏话吗？

放学后的创意魔校夜幕低垂。只有"大大大大大礼堂"灯火通明，文具精灵同学们的家长一个接着一个来到礼堂，准备参加今天的家长会。

知道自己爸爸妈妈会来参加家长会的精灵同学们，都偷偷摸摸地跟着回到学校。他们全都躲在礼堂外面,想要听听自己有没有被老师告状。

抢先蹲在礼堂窗边偷听的便利贴小子精疲力尽地说:"我好不容易乖了一整天,原来守规矩真的好痛苦啊!"

而站在便利贴小子肩上,想要看清里面情况

的不锈钢剪刀小子,马上回了一句:"这算什么?我忍住想上厕所的习惯才真的难受呢!"

"你们别吵了!我今天这么准时到学校,现在困死了,连眼睛都快睁不开了!"透明胶带弟弟一边打呵欠一边抱怨。

礼堂内几乎所有家长都到齐了,台上的字典老师刚要开口说话,只见透明胶带妈妈"咚咚咚"地从门口"滚"了进来。她连忙向大家道歉:"抱歉抱歉,我好像迟到了!"

透明胶带妈妈刚入座,字典老师又听见圆规妈妈和直尺妈妈在开心地聊天,更奇怪的是,不锈钢剪刀爸爸也举手说:"我想要去上一下厕所!"

好不容易等到大家都安静坐好,主持家长会的字典老师才开始说话:"各位亲爱的家长,谢谢大家的莅临,今天我们想用另一种形式举办家长会,大家先来考个试吧。现在把考卷发下去,麻烦大家填好答案。"

"什么?家长会还要考试?"所有家长都吓了一大跳,连窗外的精灵同学也"噗哧"一声笑了起来。

但所有爸爸妈妈也都乖乖听话,开始写答案。木头铅笔爸爸很有自信地在"您家的小朋友大概几点上床睡觉?有没有迟到过?"这一题上写上:九点到九点半,从不迟到!

可是同样的题目,透明胶带妈妈就想了很久,最后写了:"大概是十一点吧,他一直玩,也不乖乖睡觉!"

还有这一题:"请问您家的小朋友如果

已经近视眼了,现在的度数是多少?"这题不锈钢剪刀爸爸也答不出来……

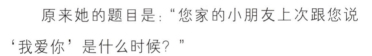

而橡皮擦妈妈一直看着考卷,脑袋一片空白,抓头抓到满地都是橡皮屑。

原来她的题目是:"您家的小朋友上次跟您说'我爱你'是什么时候?"

这道题目让橡皮擦女孩妈妈欲哭无泪:"我只记得她跟我说生日快乐是什么时候……因为生日是哪一天本来就比较好记啊!"

"时间到,现在发下答案,请大家对一下看看对了几道题!"字典老师一脸神秘地看着家长们。

原来上个星期,字典老师就请所有精灵同学根据自己平时的生活情况出题目,并一一写好了答案,再印成考卷来考考爸爸妈妈们。

而礼堂外偷听的文具精灵这才恍然大悟，原来这次他们自己才是出题目的老师。

字典老师仔细地收回考卷和答案卷，再请铅笔盒老师帮忙看看大家答对的题数，结果居然有一半的家长不及格！

"怎么会这样？"爸爸妈妈们你看我，我看你，一副不知所措的模样。

这时一直坐在台下的书包校长才站起来说："各位爸爸妈妈，大家考的分数其实不重要。我们只是想让大家回想一下，平时是不是经常关心自己的孩子。我想，这才是开家长会最重要的目的。"

所有爸爸妈妈都像小学生一样点点头。

只听透明胶带妈妈自言自语地说："我明白了……小朋友的一言一行，常常受到父母的影响，所以我自己要先做个守时不迟到的好榜样！"

"对对对，除了关心生活细节之外，还有不要为了不想坐好,就一直跑去上厕所,不然他也会学我!"不锈钢剪刀爸爸一脸尴尬地说。

"嗯!这个字典老师教过,这就叫作**以身作则**!"木头铅笔小子在窗外轻声细语地说。

"这样好了,我们再考大家一道加分题,这题的分数是60分!"还没等大家回过神儿来,书包校长又要出怪招了。

所有家长都聚精会神地听着书包校长念出加分题:"请问……您的孩子会想让下次的家长会变成烤肉派对吗?"

"想!我们也想和孩子们一起吃烤肉!"所有家长都因为这个答案得到了自动加分并取得了及格的成绩,大家一致鼓掌通过了烤肉派对的计划。

"这根本就是送分题嘛!"外面所有的文具精灵一听,都笑得摔了个**四脚朝天**,觉得自己的爸爸妈妈都好棒又好乖哦!

而透明胶带弟弟脑海里浮现的，应该跟所有精灵同学都一样："如果真的可以一边烤肉，一边开家长会的话，就会有好吃的腌肉片夹土司、甜不辣、甜玉米、新鲜的烤虾、烤鱿鱼还有烤青菜等等，那么——"

"——就算提早到都有可能吃不到，怎么可能还会有人慢吞吞地迟到呢！"

4 "我相信"邮局的"信不信?邮你!"活动

星期一的早晨,出了好大的太阳,书包校长一个人站在创意魔校的校门口。明明所有精灵同学都已经进教室上课了,但他好像还在等着什么人似的,一直来回踱步。

"哎哟哎哟,他们怎么还没到呢?"这暖融融的天气,热得书包校长频频拿出手帕擦汗。

这时,有两个高大的身影,从远处慢慢向校门口走近,还和书包校长打起了招呼:"校长,我们回来看您了!"

原来是信封学长和信纸学姐。他们俩都是毕业于创意魔校的优秀校友,目前在"文具什么东东"村的"我相信"邮局上班,今天老局长特地

派他们回到母校,举办"信不信?邮你!"的邮局宣传活动,也顺便回来探望校长。

"孩子们,好久不见啊!"书包校长开心地迎接信封学长和信纸学姐,张开双臂给他们一个大大的拥抱。

"对啊!我们好久没有回学校了,好怀念哦!"戴着一副细框眼镜的信封学长从背上的邮袋里拿出另一个小信封,小声说:"校长,这是老局长特别叮嘱我一定要交给您的信!"

书包校长像是松了一口气似的,忙不迭把信抢了过去藏在身后,喃喃自语地说:"太好了!我就是在等这封信啊!"

身上穿着横条纹装,一脸顽皮的信纸学姐好奇地问:"书包校长,什么信这么神秘兮兮啊?是彩票的中奖通知,还是有人寄情书给您啊?"

书包校长脸儿红红,有点儿不好意思地说:"都不是啦……待会儿你们就知道了!"

他们说话的时候,魔校的"大大大大大礼堂"里早就人声鼎沸,所有精灵同学齐聚一堂,他们都好期待今天的活动。

风度翩翩的信封学长和信纸学姐,跟着书包校长走上讲台,先大声自我介绍:"各位学弟学妹大家好,我们是最有信用,最值得大家信任的信封学长和信纸学姐。我们是写信达人。"

"什么是写信啊?"橡皮擦女孩有点兴奋,像是发现新大陆似的,很想要知道答案。

同样从来没写过信的回形针小妹举手发问:"我没写过信,请问信要怎么写啊?"

信封学长看了看台下<u>一头雾水</u>的文具精灵同学们说:"我先来问问大家……在今天之前曾经写过信,并且寄给别人的同学,请举手!"

全校精灵同学一片静默,结果发现只有"笔一笔"班的木头铅笔小子和钢笔大侠举起手,原来他们在写作课上做过写信魔法练习。

"天啊!写过信的同学怎么<u>屈指可数</u>啊!是不是因为平时都学爸爸妈妈,用手机发信息,所以不会写信了呢?"坐在一边的书包校长心中暗想,又叹了口气。

"那我再问大家,你们写过卡片吗?"信纸学姐不放弃,循循善诱地问。

不锈钢剪刀小子一听,马上跳起来大叫:"有有有!我写过卡片寄给住在芬兰的圣诞老人,跟他要礼物哦!"

"这么巧!我也给圣诞老人写过卡片,跟他许愿我想要的礼物!"橡皮擦女孩和卷笔刀人也异口同声地说。

不问还好,一问之下,几乎所有精灵同学都曾经给圣诞老人写过卡片。

"原来现在大家写信的目的,都变成跟圣诞老人要礼物了啊!"信封学长有点儿难过地说。

"信封学长啊,写卡片当然也算是写信的一种啊，这也算是好事！"信纸学姐拍拍信封学长的肩膀，继续对大家说，"信这个字，本身就是一个'人'加上一个'言'，简单说，就是对一个人，把心中的话仔细说清楚，写明白，让人相信你的希望或意见，这就是把信写好的基础魔法！"

木头铅笔小子举起手说："但是除了写只言片语的卡片之外，信到底应该怎么写，才能<u>一五一十</u>地告诉对方我们的心意呢？"

信封学长和信纸学姐向书包校长使了个眼色，聪明的书包校长马上就<u>见机行事</u>，一边偷笑一边念出了今天事先出好的写信题目："各位精灵同学，那我们现在就来练习写信。请你们每个人都写一封信，写给——我！"

"写信给书包校长？天啊！我不知道要写些什么啊！"礼堂里哀号声<u>此起彼伏</u>，信纸学姐不知从哪里变出一大摞信纸小帮手，再请木头铅笔小

子帮忙拿出一支支魔法迷你铅笔发给大家,好让精灵同学们给书包校长写信。

橡皮擦女孩急得挠头,橡皮屑又掉了满地。平时一脸轻松的磁铁贵公子,也皱起眉头苦思,很怕自己脑力不足,"磁"不达意。

只有木头铅笔小子常写信给住在另一个城市的爷爷奶奶,所以他热心地为同学们提出建议:"大家不要太紧张,只要把握三个要领,就可以写好一封信了!"

平时最爱说三个重点的三角板兄弟着急地问："哪三个要领？快告诉我们！"

"笔"较厉害的木头铅笔小子点点头说："首先，你要知道写给谁，比如你要写给爸爸妈妈或者写信给同学，你要用到哪些成语，哪些词句，或是信中的语气、用法可能都是不一样的，所以大家平时上课时，要好好练习写作魔法哦！"

个性有点拖拖拉拉，常拖着一段胶带的透明胶带弟弟追问："那第二个要领是不是要写很多字，拖很长呢，这样才能得高分？"

信封学长摇摇头说："刚好相反。大家有没有听过'纸短情长'这句成语呢？古时候的文学家在写信的时候，重视的是如何用简短优美的文字，准确地传达心中的想法，所以字数多少不是问题，能把自己想要说的话一句句清楚写出来才重要！"

精灵同学们听了信封学长的解释，顿时恍然

大悟，心情也不再这么紧张了。

"那第三个呢？"习惯有话直说的直尺小子很想快点儿知道第三个要领。

这次换信纸学姐微笑着告诉大家："那当然是把字写好啰！如果你们的字迹写得龙飞凤舞，潦草得像鬼画符似的，让对方看都看不懂，又怎么能传情达意呢？"

有了这三个锦囊妙计，大家都迫不及待想快点写信给书包校长了！

"大大大大大礼堂"里一片安静，只听见"沙沙沙"的写字声，没一会儿，大家都把信写好了。

"看吧，写封信真的不难！"书包校长说，"那么，有哪位同学愿意把自己的信念出来跟大家分享一下呢？"

"我！"这时平时最容易害羞的圆规妹妹自告奋勇，喜欢跳舞的她，华丽地转了一个大大的圈儿跳上讲台，开始念出她写给书包校长的信：

亲爱的书包校长：

近来好吗？自从来到创意魔校后，都还没有跟您好好说声谢谢，真是抱歉！记得当初我刚转来这个学校，人生地不熟，天天都觉得好寂寞。多亏您举办了舞林盟主挑战赛，让我有机会和长尾夹妹妹一起得到冠军，让我恢复了自信心。

所以，从那以后，我决定每天都要专心练习我的芭蕾舞自转魔法，把每个圆都画好，让您放心、开心、天天笑嘻嘻！

最后，我也要祝校长您身体健康，让更多文具精灵能来创意魔校就读，向您拜师学艺，成为您的高徒！

永远爱您的圆规妹妹

信刚念完，书包校长就已经热泪盈眶："圆规妹妹，谢谢你，你的信让校长好感动啊！"

台下的文具精灵都情不自禁地拍起手来，原来写信能有这么强大的催泪魔力啊！

感情一向丰富的书包校长好不容易平复好情绪，又马上说："好！那我也要来念一封信给大家听！"

信纸学姐吓了一跳："校长，您什么时候写好信的啊？"

书包校长拿出刚才信封学长偷偷递给他的那封秘密信说："就是我刚才藏起来的这封啊！"

台下的精灵同学们都睁大眼睛，好奇书包校长会念出什么好笑的内容，只见他小心地打开信封，轻轻抽出信纸，娓娓念出信上的内容：

给辛苦的我自己：

书包校长，你好！我是十年前的你——书包老师。

十年以后的你，一切都顺利吗？你创办了你

心目中的"文具创意魔校"吗?有很多文具精灵学生来跟你学习魔法吗?你现在已经从书包老师变成书包校长了吗?

我始终相信,如果这十年你都非常认真地把握时间,那么,这些梦想都应该实现了,我真是为你感到开心!但如果还有其他梦想还没实现,我也希望你能想想十年前的我,继续自信而热情地努力着,莫忘初衷。

还有,要继续保持健康哦!希望十年后的你看到这封信,不会忘了十年前我们的这些约定。祝你心想事成!

你记得的那位十年前的书包老师

信封学长、信纸学姐和所有精灵同学一起大声惊呼:"难道这就是传说中的写给自己的信吗?"

"没错!"书包校长说,"大家也许不知道,'我相信'邮局里面有个未来邮筒,大家可以写信给未来的自己。只要填好收件人的姓名和地址，贴好邮票放进邮筒，就可以指定未来收信的时间啰！时间一到，邮差先生就会把信送到你的手上！"

"这种感觉太奇妙了！我也要写信给未来的自己！"所有文具精灵像是写得上了瘾，纷纷<u>振笔疾书</u>，看谁能把信写得又好又快！

这时，信封学长从口袋里变出许多自己的信封小帮手，还有好几百张<u>五颜六色</u>、无敌可爱的邮票宝贝，像撒花一样分给文具精灵们："大家写完后，信封上要记得贴邮票，邮差先生才有办法把信寄到你家哦！"

正在大家热热闹闹，伸手抢邮票宝贝的同时，书包校长一个人默默离开了礼堂。他缓缓走回校长室静静坐下来，开始写另一封信，准备写好地址、贴好邮票后，让信封学长和信纸学姐顺便帮他带回"我相信"邮局，放进未来邮筒里。

低着头认真写信的书包校长,看起来自在又满意,露出酒窝的他开始在信上快速挥笔,你猜,他这次又要写信给谁呢?

5

创意魔校的"轰轰轰"队和好滋味小学堂的"焱焱焱"队棒球大对决!

在创意魔校千奇百怪的魔法课中,只有上体育课时人声鼎沸,有些女生在一边踢毽子,有些在摇呼啦圈,但几乎所有男生最喜欢的运动,就是打棒球。

"这颗必死高飞球,我来接!"不锈钢剪刀小子站在操场中间,张开两只剪刀手,准备稳稳接住木头铅笔小子挥棒打过来的飞球。

正当不锈钢剪刀小子马上就要出手接球时,冷不防从旁边杀出一道身影,比他喊得更大声:"不用,我接得到,你快闪一边去!"

只见订书机小子从更远的地方莽莽撞撞地冲过来,"哐当"一声和不锈钢剪刀小子撞在了一起,

这下子两个人反而都变成了滚地球——在"地球"上滚来滚去的"精灵球"。

"哎哟,订书机小子,你干吗硬要跟我抢啊!"滚了一大圈儿的不锈钢剪刀小子好不容易站起来,摸着自己的刀尖说:"你这样很容易被我戳到的!"

有着一口亮晶晶订书钉牙齿的订书机小子看起来没事,他捡起滚落到一边,两个人都没接到的棒球,不甘示弱地抗议:"我的一口好牙差点儿被你撞得满地找牙!"

"你们有没有受伤?"铅笔盒老师匆匆跑过来关心地问。他之前就说过,只有在举办棒球赛时,文具精灵才可以在操场上玩棒球,否则就得去魔校旁的河堤外棒球场练习,因为打出去的球很可能会不小心伤到其他同学。

"可是老师,人数不够,我们很少有机会打棒球赛啊！况且女生都在旁边跑步、跳绳或做体操，要不就是躲在聊天树下边躲太阳边聊天，她们又不会打棒球！"不锈钢剪刀小子开始抱怨。

厚纸板姐姐气得七窍生烟，叉着腰回击说："谁说我们女生不会打棒球？那是你们男生把场地都占走了，又不把棒球手套分给我们戴，其实我们也很爱打棒球的！"

铅笔盒老师笑道："没错！女生打起棒球来，可不会输给男生哦！"

所有文具精灵同学看到两人在吵架，纷纷往操场中间跑，最后居然变成了男生站左边、女生站右边的终极对决场面。

"打棒球！打棒球！我们女生也要打棒球！"厚纸板姐姐像女生的守护神一样站在最前面，后面站着所有女生，包括最爱跳远的橡皮擦女孩，和最擅长夹夹热舞的长尾夹妹妹，都一起大声助阵。

"大家不要吵了！"铅笔盒老师赶忙出来打圆场，"不如这样，我刚好收到了一份邀请函，我想这是个让男生女生一起组队，参加棒球赛的好机会哦！"

听了铅笔盒老师的话，大家的气才消了一些。原来是好滋味小学堂的厨具和餐具精灵们，来信向创意魔校的文具精灵下战帖。

不看还好，文具精灵们一看到战帖上写的四个字，马上火冒三丈，这战帖上居然写着：

各位创意魔校的"文弱书生"们：
本周六下午，
我们决定邀请你们打一场棒球赛，
三局决定胜负，不见不散！
"焱焱焱队"的厨具与餐具精灵敬邀

"我们不服！谁说我们文具精灵是'文弱书生'？这个好滋味小学堂实在是欺人太甚！"刚刚安静下来的操场，这时又群情激愤，轰隆隆的抗议声像过年时放鞭炮似的。

"嗯，我猜他们的烹饪魔法都跟火有关，所以叫'焱焱焱'队，那我们不如就叫……'轰轰轰'队，代表一到九棒都轰出全垒打，好不好？"木头铅笔小子这样提议。

"通过！"所有文具精灵一阵欢呼。

于是这场棒球赛如期在有弯弯大河的河堤外棒球场举行。两校的啦啦队早已把观众席挤得水泄不通，由于两队是第一次交手，创意魔校的文具精灵们也是第一次看到焱焱焱队的庐山真面目。

不看还好，一看两边的攻守名单，让文具精灵不仅吓了一跳，还直接东南西北青蛙跳。

"刺客、忍者、大兵……怎么每个都像电影里

文具创意魔校轰轰轰队（主）

- 第1棒　木头铅笔小子（游击手）
- 第2棒　直尺小子（三垒手）
- 第3棒　磁铁贵公子（中外野手）
- 第4棒　厚纸板大姐（二垒手）
- 第5棒　图画纸大哥（指定打击）
- 第6棒　钉书机小子（左外野手）
- 第7棒　橡皮擦女孩（右外野手）
- 第8棒　圆规妹妹（一垒手）
- 第9棒　三秒胶哥哥（捕手）

投手：不锈钢剪刀小子

总教练：铅笔盒老师

好滋味小学堂焱焱焱队（客）

- 第1棒　叉子刺客（三垒手）
- 第2棒　汤匙忍者（二垒手）
- 第3棒　锅铲大兵（游击手）
- 第4棒　平底锅武士（指定打
- 第5棒　炒菜锅大帝（左外野
- 第6棒　砧板女超人（捕手）
- 第7棒　不锈钢碗金刚（一垒手
- 第8棒　竹筷子怪客（中外野手
- 第9棒　红酒瓶女侠（右外野手）

投手：水果飞刀手

总教练：电冰箱老师

的英雄传奇人物啊？看起来有百万战斗指数，不，是千万倍实力！"担任中心棒次的第三棒磁铁贵公子，讲话又开始语无伦"磁"了起来。

自告奋勇担任第四棒的厚纸板姐姐，开始大声鼓舞队友："大家别怕，千万别长了他人志气，灭了自己威风，也许我们可以发挥文具特有的魔法以柔克刚，出奇制胜呢！"

但观众席上不论是哪队的啦啦队，其实都在窃窃私语，几乎所有人认为这一定是场一面倒的比赛。和这些"大力士"相比，文具精灵们看起来不是很强啊！

中午十二点刚过，两队运动员列队敬礼握手，先礼后兵，比赛正式开始。

焱焱焱队上场的第一棒是叉子刺客，轰轰轰队的投手不锈钢剪刀小子投出第一颗球，马上就直接变成了"指叉球"*——棒球直接叉在叉子

---

*指叉球：棒球的一种投球法，将球握在中指和食指间，投出后球会在到达本垒板时突然下坠，属于下坠球，这里仅指字面意思。

刺客尖尖的身体上，叉子刺客大喊："痛得咚咚呛！"

"触身球，保送一垒！"主裁判大喊。

不锈钢剪刀小子一脸愧疚地看着场边的文具精灵队友们："对不起，我真的太紧张了，才会投成触身球。"

坐在看台上的啦啦队员，包括轻飘飘班的彩纸妹妹、纸书签女孩和便利贴小子，马上大喊："没关系！剪刀剪刀，三振强棒有绝招！"

接下来上场的第二棒是汤匙忍者，这回不锈钢剪刀小子聚精会神地投了个外角变化球，没想到汤匙忍者往外一捞，球向担任游击手的木头铅笔小子手滚了过去。

木头铅笔小子身手敏捷地飞身扑到球，先传给守二垒的厚纸板姐姐，厚纸板姐姐再传给站在

一垒，可以完美劈腿接球的圆规女孩，完成了一次漂亮的双杀。

"你们看，我们女生一样可以打出好成绩！"厚纸板姐姐和圆规女孩两人在空中相互击掌，为彼此加油打气。

"太棒了！"不锈钢剪刀小子正在志得意满地对付强棒锅铲大兵，居然一时大意投出了一个软弱无力的直球。

"锵"的一声，白色棒球划出天际，掉在中外野遥远的墙外——是一支阳春全垒打！

焱焱焱队的啦啦队区一阵欢声雷动，平时炒菜炒到臂

力超强的锅铲大兵,不费吹灰之力地绕过所有垒包跑回本垒,先驰得点*。

"这下完蛋了,我们马上就一比零落后了!"还没上场的创意魔校队员,像泄了气儿的皮球一样,士气一落千丈。

"大家要放松,千万不要太紧张啊!"担任今天总教练的铅笔盒老师一直鼓励大家。

所幸接下来上场的第四棒平底锅武士打出平飞球,被三垒手直尺小子接了个正着儿,结束了惊涛骇浪的第一局。

终于轮到轰轰轰队的第一棒木头铅笔小子上场了,但焱焱焱队的先发投手水果飞刀手的球速,真的像迅雷不及掩耳一样,木头铅笔小子三颗球

*先驰得点:棒球术语,抢先得分的意思。可引申为"先发制人,抢占先机"的意思。

都来不及看清楚，就被三振出局了。

而接下来上场打击的直尺小子和磁铁贵公子，虽然都打出了滚地球，但平时很少练习和训练的他们，都先后被刺杀在一垒之前。

"唉！果然抱佛脚是没用的啊！"他们回到休息区时都十分懊恼。

第一局就这样结束了，暂时以一比零领先的焱焱焱队和安打还没开张的轰轰轰队，在第二局也都毫无建树，没有得分。

眼看第三局，也就是约定好的最后一局就要开始，铅笔盒老师决定派出奇兵。由身手最不起

眼儿的卷笔刀人上场投球,担任终结者。同时也让大家搭肩围成一圈给彼此打气:"大家要先懂得笑嘻嘻地打球,才有可能甜蜜蜜地赢球啊!"铅笔盒老师劝大家要放轻松。

第三局上半场,焱焱焱队率先上场的是竹筷子怪客和红酒瓶女侠,竟意外失手——卷笔刀人最拿手的"喷射铅笔屑变化球",在球进入本垒时,居然有爆炸效果,怪客和女侠都在打了十几颗界外球后,被三振出局。

又轮回第一棒,这次焱焱焱队也派出了大家意想不到的代打,上场的居然是……鸡腿巨炮!

"天呐！我长这么大都没看过鸡腿打棒球！"卷笔刀人面对眼前的强打者，心中忐忑不安。

看来很美味，不，是很精壮的鸡腿巨炮先等了两球，第三球"砰"的一声，把卷笔刀人的"喷射铅笔屑变化球"打得又高又远，球居然飞到防守能力最弱的右外野手——橡皮擦女孩头顶上。

"哇！这回凶多吉少，我都不敢看了！"一直坐在看台上的彩纸妹妹拉着纸书签女孩的手，两人紧张到手心都流汗了。

真是吉人自有天相！平时很少打棒球的橡皮擦女孩，本来只是觉得阳光好刺眼，把棒球手套

移到头顶上挡住阳光,结果鸡腿巨炮打出的高飞球,居然不偏不倚地直接落进她的手套中。

"接杀!三人出局!"全场观众一片哗然,"这球也太幸运了吧!"

接下来终于轮到轰轰轰队文具精灵的最后一局反攻了。只要没得分,创意魔校就要沦为好滋味小学堂的手下败将了!

"既然挥大棒打不到球,我们不如……"看来铅笔盒老师又有新的战术。他开始摸摸肚子又拉拉耳朵,给这局第一个上场的三秒胶哥哥打暗号。

三秒胶哥哥点点头,等待水果飞刀人投出最拿手的"综合水果魔球",他突然把棒子一横,把球"叩"的一声触击到内野*。

好笑的是,焱焱焱队的球员都长得人高马大,根本没有人能弯下腰捡滚地球,所以在一阵手忙脚乱后,居然让三秒胶哥哥安全地跑上一垒。

---

*内野:棒球术语,是投手、捕手、一垒手、二垒手、三垒手、游击手这六个守备人的守备范围。

只可惜接下来的木头铅笔小子和直尺小子都被三振出局，还好第三棒的磁铁贵公子等到一次四坏球保送。接下来，就是全队最后的希望——看起来最孔武有力的厚纸板姐姐登场了。

投手水果飞刀人紧张得刀尖都冒汗了，只见他慌张地从投手板附近随便捡起一颗大白球，还没站稳就把球投向本垒。

说时迟那时快，只听见"砰"的一声，厚纸板姐姐把自己的厚纸板用力一挥，球被打得又高又远，所有观众都兴奋得站了起来。

"全垒打！全垒打？咦，这是……全垒打吗？"

白色的球儿飞啊飞，飞到了全垒打墙上方，突然破成两瓣儿，一半留在墙里掉在草地上，另一半飞过墙外掉进河水里，竟然还从半空中掉下来一只

刚出生的鸵鸟宝宝……不哭不闹地一屁股掉在全垒打墙上。

"谁把鸵鸟蛋当球拿来投的啊?这样能算是全垒打吗?"厚纸板姐姐傻住了,站在本垒前不知该不该往前跑。

这时好滋味小学堂的电冰箱总教练气呼呼地跑过来,抱起刚出生的鸵鸟宝宝:"是谁把我珍藏的鸵鸟蛋拿到球场上来的?"

铅笔盒老师和两队所有的球员也都跑过来聚集在"案发现场",大家都在问:"这可怎么办?'球'被打破了,这场比赛算谁赢?"

"先别管比赛了,我们肚子饿了!"叉子刺客和汤匙忍者异口同声地说。

被对手这样一提醒,厚纸板姐姐和磁铁贵公子也忍不住大喊:"对哦!打球真的好费力气,我们的肚子也'咕噜咕噜'叫了!"

"其实，我们本来是想到贵校来推广我们的拿手厨艺，打棒球只是一个借口而已！"不再生气的电冰箱老师走过来，拍拍铅笔盒老师的肩膀，两所学校的精灵同学也在球场中央整齐列队，彼此很有风度地握握手。

厨具精灵们说，其实那些可怕的封号都是临时加上去的，他们只是想要先给文具精灵一个深刻的印象而已。

"开动啰！"厨具精灵们开始在球场中表演热炒魔法，他们端出一道又一道令人垂涎三尺的佳肴，有肉有鱼有菜有汤，每一道都让人食指大动，可以和文具精灵们一起大快朵颐。

就这样，这两队新朋友一直吃到夕阳西下，连月亮都出来了还没吃完。而厨具和餐具精灵展现的绝佳厨艺，让文具精灵们开开心心地吃到饱，这和打出满贯全垒打的快乐根本没两样呀！

6 名字里有"书"的文具精灵要开书店啰!

书套大帅哥和书衣小美女两兄妹,是这学期来创意魔校的交换生,他们从"手机刷刷"国不远千里而来,想要来到这所以"创意"远近驰名的学校,研究如何好好保护书本的顶级魔法。

书包校长让他们先加入"在一起"班,除了适应新环境,也希望能快点儿选出下学期代表创意魔校担任交换生的人选。

"到底什么是交换生啊?"下课钟一响,一向伶牙俐齿,有着满口亮晶晶订书钉牙齿的订书机小子,就抓着平时最爱动脑的美工刀人追问,想要知道新来的同学是何方神圣。

不料,美工刀人也挠着头说:"你问我,我问谁啊!我猜既然他们叫交换生,可能就是来跟我交换礼物的吧?"

"哎哟,圣诞节又还没到,你就想到要交换礼物了呀!"不锈钢剪刀小子也过来凑热闹,"不过我不想交换礼物,我想跟他们交换食物,我看到他们带来的早餐是碳烤热狗加新鲜炒蛋,真香!"

因为书看得多,所以博学多闻的木头铅笔小子站在一边笑着说:"别这么嘴馋!你们听我说,交换生是指两个学校互相派学生到对方学校学习,书套大帅哥和书衣小美女同学就是从外国来的哦!"

聪明的美工刀人一下就听懂了："所以我们也要派同学去他们原来的学校上课吗？"

"是啊！但是要当交换生，我想外语能力一定要好，像他们也要先学会说我们的语言，这样才能和我们一起研究魔法啊！"木头铅笔小子点点头。

"不过，他们到底想要来我们创意魔校做什么啊？"

正当大家你一言，我一语地猜想交换生要做什么的时候，书套大帅哥和书衣小美女刚好手牵着手，走进校长室找书包校长。

"呵呵，欢迎来到我们创意魔校！"书包校长眨了眨眼，"不知两位新同学，想要来我们学校学些什么呢？"

书套大帅哥和书衣小美女对看了一眼，异口同声地说："校长，我们想要学习怎么开一家书店！"

这个回答把书包校长吓得差点儿从椅子上摔

下来。

"开书店,这可是很不简单的高阶魔法啊!你们为什么想要开书店呢?"

原来他们兄妹俩从小就非常喜欢看书,也最怕有人破坏书籍,所以不断练习护书魔法,好能够仔仔细细地把书包起来,让爱看书的小朋友,都能有干净又没有破损的书可以阅读。

穿着透明外套的书套大帅哥开始娓娓道来:"在我们'手机刷刷国'里,越来越多的人只喜欢玩手机却不喜欢看书,看书的人变少了,书就出版得少,这让我的书套魔法越来越<u>英雄无用武之地</u>了。"

"我哥说得没错!"穿着格纹洋装的书衣小美女也抱怨着,"枉费人家天天都帮书本打扮得这么光鲜亮丽,看书的人却越来越少,所以我们想开一家不一样的书店,让大家重新爱上看书!"

"很好很好,不过……"爱动脑的书包校长犹豫了一下,又说,"开书店的确是种高阶魔法,让我想想办法,你们先回班上,等我的通知。"

交换生想要开书店的心愿,马上就在创意魔校中一传十,十传百。

"你们想要开书店?别傻了!"文具精灵们都难以置信地看着书套大帅哥和书衣小美女。

书套大帅哥一脸不服气地说:"怎么不可能?不是有句话说,有志者事竟成吗?爱书的人开书店,多么完美!"

不锈钢剪刀小子挥着他的两片刀刃想要抢话,却吓得书套大帅哥倒退三步,拉过书衣小美女护在自己身后。他们最怕不锈钢剪刀小子,或是美工刀人这些"分得开"班的同学了,生怕对方的刀刃一不小心割伤自己。

但不锈钢剪刀小子看来对开书店还真的小有

研究:"这句话说的是没错,可是我也听我爸爸说,开书店要花好多钱,要租下店面,然后买好多书摆在书架上。"

美工刀人也在一边帮腔:"而且书店老板要想方设法让读者走进书店里买书,还要办活动,书价还要打折,会经营得很辛苦呢!"

书衣小美女像是被泼了一大桶冷水,书套大帅哥也面有难色。他们是真的没想过,开一家书店居然要懂得这么多学问,这可怎么是好?

"没关系!我们来助你们一臂之力!"书套大帅哥和书衣小美女愁容满面时,纸书签女孩和书皮纸同学都愿意挺身而出。

书皮纸同学很有学长风范地说:"我们同在名字中有'书'字的家族,怎么可以袖手旁观呢?"

"对啊!别小看我们'书'字家族的魔法威力,三个臭皮匠胜过一个诸葛亮!"纸书签女孩也跃跃欲试。

订书机小子仿佛大梦初醒般,也想要加入。

"那我当然就是'书'字家族的第三个臭皮匠啰!我也要来共襄盛举,放学后我们一起讨论怎么才能把书店开得叫好又叫座!"

"谢谢你们!"这些名字里有'书'字的精灵同学,让书套大帅哥和书衣小美女觉得好温暖。

精灵同学们刚伸出援手,书包校长那边就传来好消息,他在隔天的晨会上开心地宣布:"我联络好了我们'怪古奇稀'市最大的'多一本'书店,这个星期天愿意把书店借给我们一整天,让新来的同学练习开书店!"

"太棒了!"书套大帅哥和书衣小美女,都兴奋地尖叫起来,下定决心要好好把握这千载难逢的机会。

大家满心期待的星期天终于来临了。一大早,

书包校长就带着两位小店长和"书"字家族的同学们,来到城里的"多一本书店",百科全书店长在店门口热情地跟大家挥手打招呼。

"店长好!"书套大帅哥和书衣小美女很有礼貌地跟店长问好,而订书机小子和书皮纸同学早就等不及地先冲进书店,准备帮忙布置场地,纸书签女孩也搬着一箱书,准备放在书架上。

书包校长连忙走过来和百科全书店长握握手:"谢谢你愿意让我们学校的同学来当一日小店长,希望以后还有机会,能让其他同学也来贵书店实习!"

原本神采奕奕的百科全书店长,听到这话脸色突然一沉:"书包校长,真是不好意思啊!那天在电话里我大概没有说清楚,其实今天是我们'多一本书店'营业的最后一天,以后恐怕没有机会让同学们来练习开书店了。"

"什么?今天是最后一天啊!"书包校长大吃一惊。

"书店关门,是因为看书的人变少了吗?"书套大帅哥和书衣小美女听到这个消息,觉得有点儿难过,与此同时他们也觉得要更卖力地珍惜这次机会。

"店长,您放心,我们的表现会让今天成为'多一本书店'最令人难忘的一天!"兄妹俩互相击掌,开始和其他"书"字家族的精灵同学忙进忙出。

不一会儿,这些团结的文具精灵同学就把书

店布置成了他们心目中最棒的模样,准备迎接顾客们的大驾光临了。

"今天我们的书店不一样哦,请快点儿进来看看!"书衣小美女站在书店门口大声地宣传着,请来往的行人进店里一探究竟。

一进书店,读者们就眼前为之一亮!只见书套大帅哥站在书店中央,正声嘶力竭地为大家介绍着:"各位爱书的朋友们,谁说书店的书都一定要按照老套的分类陈列?在我们文具精灵的心目中,书店就应该是大家现在看到的这种,怪奇100分书店!"

仔细往左看，以贪吃出名但爱刷牙的订书机小子，站在本来应该摆满食谱的阅览区，正在制作一本可以吃的书。

"你们看！"只见他把好多片白吐司叠在一起，再把加热溶化的巧克力淋在吐司的其中一边，等待巧克力变冷凝固，然后用草莓果酱涂在不同的白吐司上画画，这样就做成了一本一翻完就可以吃下肚的吐司绘本啦！

"好聪明哦！"书套大帅哥也不甘示弱，他搬

吐司绘本完成！

来好几床棉被对齐叠好，再用好多个晾衣夹夹在棉被边上，一页页翻开，然后自己跳上去躺在上面："瞧！这不就成为一本可以躲在里面睡觉的空白棉被书啦！大家也可以用枕头或毛巾，装饰自己的棉被书页哦！"书套大帅哥很自豪地跟大家分享自己的幽默创意。

看到如此有趣的创意，从门外想要挤进书店

的读者,开始越来越多。

而喜欢研究大自然,也很讲求环保的书衣小美女和纸书签女孩,共同创作了一本介绍幸运草如何栽种的书。

"这本是会长出植物的书,一打开封面,就能看到上面附着幸运草的种子,看完书中的介绍,就可以自己试着种种幸运草啰!"

不论是大读者还是小读者,都觉得文具精灵们开的书店实在太妙了!但这还远没有结束——

书皮纸同学在自己身上写满了好多首七言绝句，然后用魔法摇身一变，折成了一架好大的纸飞机，马上就变成了一本会飞的《唐诗三百首》。

甚至连书包校长也忍不住一展身手，把平时对文具精灵们的叮咛写在不同的纸条上，再一张张放进回收的扭蛋壳中，然后把它们用一根长长的棉线串起来，挂在店门口，就做成了一本独一无二的扭蛋书了！

"书包校长,您太帅了……哦,是您设计的书太帅了!"所有名字中有"书"这个字的文具精灵们都拍手叫好。

如雷的掌声让书包校长笑开怀,校长说:"哎呀,只要有心,人人都可以是书神。而且谁叫我的名字中,也有一个书字嘛!"

于是,名字里有"书"字的文具精灵开的"多一本书店",就这样热热闹闹地让所有读者玩书玩了一下午,他们都下决心以后有机会常来书店逛

逛走走,也许会得到更多的知识和灵感呢!

"以后?但是店长你先前不是说书店要关门了吗?"书包校长拉着百科全书店长的衣角,忧心忡忡地问。

百科全书店长对书包校长做了个鬼脸,一个箭步冲到台上,拉开嗓门大喊:"我现在正式宣布,下个星期天,'多一本书店'要继续营业。书套大帅哥和书衣小美女,你们还要来当小店长哦!"

好用成语、词语秘籍

◆**当仁不让**　10 页
解释｜ 指遇到应该做的事,主动承担起来而不推让。
本书用法｜ 形容油画笔大姐想要赢得比赛的心情。

◆**今非昔比**　12 页
解释｜ 指现在不是过去所能比得上的,形容变化很大。
本书用法｜ 描述水彩笔哥哥觉得油画笔大姐的画画功力大不如前。

◆**手下败将**　12 页
解释｜ 指能力不如自己的人。
本书用法｜ 指水彩笔哥哥曾经输给油画笔大姐。

◆**口沫横飞**　13 页
解释｜ 说话说到口水四处飞溅,形容人尽情谈论某事。
本书用法｜ 形容文具精灵们热烈讨论的模样。

◆**不可思议**　14 页
解释｜ 无法想象,难以理解。
本书用法｜ 指水彩笔哥哥和油画笔大姐认为橡皮擦女孩没有能力参加比赛。

◆**胡说八道**　14 页
解释｜ 没有根据地乱说。
本书用法｜ 指木头铅笔小子安慰橡皮擦女孩,不要轻信其他同学的说法。

◆**异想天开**　15 页
解释｜ 不切实际的奇特想法。
本书用法｜ 形容橡皮擦女孩认为自己也没有画画的才能。

◆**义不容辞**　15 页
解释｜ 道义上不容许推辞。
本书用法｜ 描述木头铅笔小子因为是橡皮擦女孩的好朋友,所以当然要帮忙。

◆**从长计议**　16 页
解释｜ 慢慢仔细商议。
本书用法｜ 描述木头铅笔小子和同学们商量要如何帮助橡皮擦女孩。

◆**拔刀相助**　16 页
解释｜ 指替人打抱不平出手帮忙。
本书用法｜ 形容卷笔刀人也要来帮助橡皮擦女孩。

◆**古道热肠**　16 页
解释｜ 形容待人仁厚又热心。
本书用法｜ 形容图画纸大哥天生喜欢帮助别人。

◆**急公好义**　16 页
解释｜ 热心公益,喜爱助人。
本书用法｜ 形容图画纸大哥天生喜欢帮助别人。

◆**来龙去脉** 16 页
解释 | 比喻事情的首尾始末。
本书用法 | 形容木头铅笔小子向卷笔刀人和图画纸大哥解释事情的经过。

◆**胸有成竹** 19 页
解释 | 指自己对事情有信心、有把握。
本书用法 | 形容橡皮擦女孩已经做好参加比赛的准备。

◆**挥洒自如** 20 页
解释 | 比喻随意写作诗文或书画，不受拘束。
本书用法 | 形容油画笔大姐轻轻松松地完成了她的作品。

◆**轻描淡写** 20 页
解释 | 本指绘画时用浅淡的颜色轻轻描绘，也指轻松地描写或叙述。
本书用法 | 形容水彩笔哥哥轻松地完成了他的作品。

◆**屏气凝神** 23 页
解释 | 形容屏住呼吸，集中精神，专心一意的样子。
本书用法 | 描述其他参赛者非常专心聆听橡皮擦女孩介绍她的作品。

◆**与有荣焉** 24 页
解释 | 一个人有成就，身边的人也跟着感到光荣。
本书用法 | 形容橡皮擦女孩赢得比赛，让其他文具精灵也同感骄傲。

◆**意气风发** 26 页
解释 | 指精神振奋，志气昂扬的样子。
本书用法 | 指直尺小子骑车速度飞快的样子。

◆**落入下风** 28 页
解释 | 处于劣势，不利于自己的状态。
本书用法 | 描述直尺小子不想输掉"追风行动"比赛的心情。

◆**七荤八素** 28 页
解释 | 形容心神混乱，糊里糊涂。
本书用法 | 形容直尺小子因骑车摔倒而头昏脑涨的样子。

◆**小心翼翼** 28 页
解释 | 非常谨慎，不敢疏忽。
本书用法 | 描述圆规妹妹慢慢扶起可能已经受伤的直尺小子。

◆**欲速则不达** 30 页
解释 | 比喻操之过急，反而没办法达到目的。
本书用法 | 圆规妹妹指责直尺小子骑车太快。

◆**生龙活虎** 30 页
解释 | 比喻活泼勇猛，生气勃勃。
本书用法 | 指直尺小子表示自己伤势不严重，可以恢复行动力。

✦ <u>一路顺风</u>　31 页
解释 | 一路平安。多用于祝福要外出的人。
本书用法 | 书包校长给颁发的"魔法驾照"的名称。

✦ <u>斩钉截铁</u>　31 页
解释 | 形容说话办事坚决果断，毫不犹豫的样子。
本书用法 | 指不锈钢剪刀小子对事情充满信心，很肯定。

✦ <u>细嚼慢咽</u>　32 页
解释 | 把食物仔细嚼碎，再慢慢地吞咽下肚。
本书用法 | 指厚纸板大姐提醒大家吃饭要有好习惯。

✦ <u>狼吞虎咽</u>　32 页
解释 | 形容吃东西又猛又急。
本书用法 | 指厚纸板大姐指责不锈钢小子和美工刀人吃饭速度太快。

✦ <u>响彻云霄</u>　34 页
解释 | 形容声音响亮直达天际。
本书用法 | 形容书包校长吹哨的声音非常大。

✦ <u>快马加鞭</u>　35 页
解释 | 对快跑的马再打几鞭，让它跑得更快。比喻快上加快。
本书用法 | 形容直尺小子改不了自己的急性子。

✦ <u>慢条斯理</u>　35 页
解释 | 从容不迫的样子。
本书用法 | 指厚纸板大姐习惯慢慢骑车的模样。

✦ <u>徐徐"途"之</u>　36 页
解释 | 原词为"徐徐图之"，慢慢地谋划这件事的意思。
本书用法 | 这里引申为直尺小子没办法慢慢地骑车。

✦ <u>风风火火</u>　40 页
解释 | 形容急急忙忙，冒冒失失的样子。
本书用法 | 指厚纸板大姐觉得不必什么事都要这么急。

✦ <u>事缓则圆</u>　40 页
解释 | 遇到事情慢慢设法应对，才能圆满解决。
本书用法 | 指圆规妹妹觉得有时动作慢一点，也有好处。

✦ <u>拖泥带水</u>　43 页
解释 | 比喻做事不干净利落。
本书用法 | 形容透明胶带弟弟做事情慢吞吞。

✦ <u>忧心忡忡</u>　43 页
解释 | 忧愁不安的样子。
本书用法 | 指铅笔盒老师为透明胶带弟弟慢吞吞的个性感到烦恼。

✦ <u>自动自发</u>　43 页
解释 | 不借助别人的力量，自己主动去完成事情。
本书用法 | 指字典老师想训练文具精灵自己找书阅读的习惯。

✦ <u>正襟危坐</u>　45 页
解释 | 整理服装仪容，坐姿端正。形容庄重严肃的样子。
本书用法 | 指不锈钢剪刀小子坐在座位上的认真模样。

◆**莫名其妙** 45 页
解释 | 形容事情或现象使人无法理解，不能用言语表达出来。
本书用法 | 指老师们都觉得文具精灵同学的举动很反常。

◆**井然有序** 45 页
解释 | 条理分明而有秩序。
本书用法 | 形容文具精灵很守秩序地先后走出教室。

◆**争先恐后** 45 页
解释 | 彼此抢先而不肯落后。
本书用法 | 指文具精灵很守秩序，没有像平时一样抢着冲出教室门。

◆**大呼小叫** 45 页
解释 | 高声喊叫，乱吵乱嚷。
本书用法 | 形容没有任何文具精灵发出吵闹声。

◆**毕恭毕敬** 46 页
解释 | 形容极为恭敬。
本书用法 | 形容便利贴小子倒茶给老师时，十分有礼貌的模样。

◆**百思不得其解** 48 页
解释 | 指经过百般思索仍旧不能理解。
本书用法 | 指书包校长和老师们都猜不到文具精灵守规矩的原因。

◆**灯火通明** 48 页
解释 | 形容灯光非常明亮。
本书用法 | 指整座"大大大大"大礼堂都点着明亮的灯光。

◆**偷偷摸摸** 48 页
解释 | 瞒着人做事，不让人知道。
本书用法 | 指文具精灵同学们瞒着爸爸妈妈偷听家长会内容的举动。

◆**欲哭无泪** 52 页
解释 | 想哭却哭不出来。比喻极度哀痛或无奈。
本书用法 | 指橡皮擦女孩的妈妈答不出题目的无奈心情。

◆**恍然大悟** 53 页
解释 | 心里忽然明白。
本书用法 | 形容文具精灵们突然发现自己才是出题者时的状态。

◆**不知所措** 53 页
解释 | 因惊慌而失去方向，不知道怎么办才好。
本书用法 | 指文具精灵们的爸爸妈妈考试不及格，不知如何是好。

◆**以身作则** 54 页
解释 | 用自己的言行作为他人的榜样。
本书用法 | 指木头铅笔小子明白了字典老师教的成语定义。

◆**四脚朝天** 54 页
解释 | 指手和脚向上，仰面跌倒的样子。
本书用法 | 描述文具精灵们夸张大笑，笑到跌倒的模样。

◆**喃喃自语** 58 页
解释 | 指不断地轻声对自己说话。
本书用法 | 指书包校长自己对自己说话的样子。

◆ **人声鼎沸** 58 页
解释 | 形容人潮聚集，喧哗热烈，像水在锅子里煮沸一样。
本书用法 | 描述文具精灵们都挤在大礼堂里的吵杂声音。

◆ **一头雾水** 59 页
解释 | 比喻头脑里朦胧一片，无法明白现况。
本书用法 | 指文具精灵们搞不清楚如何写信。

◆ **屈指可数** 59 页
解释 | 扳着手指就可以数清。形容数量很少。
本书用法 | 指写过信的精灵同学很少，用手指都算得出来。

◆ **异口同声** 60 页
解释 | 大家同时说出同样的话。形容意见相同。
本书用法 | 形容橡皮擦女孩和卷笔刀人同时说出写卡片给圣诞老人的动机。

◆ **一五一十** 61 页
解释 | 比喻把事情从头到尾详细说出，没有遗漏。
本书用法 | 指木头铅笔小子想要学习把信写好的魔法。

◆ **见机行事** 61 页
解释 | 视情况变化采取应对办法。
本书用法 | 指书包校长趁大家有兴趣学写信时，让大家练习写信。

◆ **此起彼伏** 61 页
解释 | 形容连续不断。
本书用法 | 指精灵同学们一听到要练习写信，不断发出抱怨的声音。

◆ **"磁"不达意** 62 页
解释 | 原本叫"词不达意"，指所用的言词无法贴切地表达心意。
本书用法 | 将"词"替换成同音字"磁"，喻指磁铁贵公子担心写信的内容，无法表达自己的心意。

◆ **拖拖拉拉** 63 页
解释 | 做事慢吞吞，不干脆利落。
本书用法 | 形容透明胶带弟弟做事不积极的样子。

◆ **龙飞凤舞** 64 页
解释 | 形容字迹生动活泼或很潦草。
本书用法 | 指信纸学姐提醒大家要把字写整齐。

◆ **锦囊妙计** 64 页
解释 | 指机密而能解决紧急问题的完善计策。
本书用法 | 形容信纸学姐传授大家写信的好方法。

◆ **拜师学艺** 65 页
解释 | 向他人拜师，以学习他的技艺。
本书用法 | 指圆规妹妹在信中表示期待更多文具精灵跟书包校长学习魔法。

✦ **热泪盈眶** 65 页
解释 | 心情激动到眼眶充满泪水。
本书用法 | 形容书包校长感动到流泪的模样。

✦ **莫忘初衷** 67 页
解释 | 不要忘了一开始做一件事时原本的心意或动机。
本书用法 | 指书包校长提醒自己要继续追求梦想。

✦ **振笔疾书** 68 页
解释 | 形容迅速写字。
本书用法 | 指文具精灵们比赛,看谁把信写得又快又好。

✦ **五颜六色** 68 页
解释 | 形容物品上的色彩很多。
本书用法 | 指邮票宝贝们身上有各种不同的颜色。

✦ **莽莽撞撞** 70 页
解释 | 行事态度粗暴、草率。
本书用法 | 形容订书机小子急着接球的着急模样。

✦ **不甘示弱** 72 页
解释 | 不甘心表现得比别人差。
本书用法 | 形容订书机小子连吵架都不愿输给不锈钢剪刀小子

✦ **七窍生烟** 73 页
解释 | 比喻气愤得好像要从耳目口鼻中冒出火来。
本书用法 | 形容厚纸板大姐非常生气的模样。

✦ **打圆场** 74 页
解释 | 替人调解纷争或撮合事情。
本书用法 | 指铅笔盒老师出来劝解男女生彼此不要再吵架。

✦ **火冒三丈** 74 页
解释 | 形容人十分生气。
本书用法 | 指好滋味小学堂的挑战书内容让文具精灵觉得很生气。

✦ **文弱书生** 74 页
解释 | 指文雅柔弱的读书人。
本书用法 | 指好滋味小学堂形容文具精灵们不堪一击。

✦ **不见不散** 74 页
解释 | 表示无论约定的时间是否已过,不见到对方绝不离开。
本书用法 | 形容比赛两队一定要遵守约定的时间出席。

✦ **欺人太甚** 75 页
解释 | 欺凌他人,到了使人无法容忍的地步。
本书用法 | 指文具精灵们觉得好滋味小学堂的对手说话太欺负人。

✦ **群情激愤** 75 页
解释 | 形容群众的情绪激动愤慨。
本书用法 | 指文具精灵们生气的模样。

✦ **水泄不通** 75 页
解释 | 连水都无法流通,比喻十分拥挤或防守极为严密。
本书用法 | 指创意魔校和好滋味小学堂的啦啦队挤满观众席的盛况。

✦ **语无伦"磁"** 77 页
解释 | 原词为"语无伦次",指说话颠三倒四,毫无条理。
本书用法 | 将"次"替换为同音字"磁",喻指磁铁贵公子连讲话都说不清楚。

✦ **以柔克刚** 77 页
解释 | 用柔弱的方法战胜刚强的对手。
本书用法 | 形容厚纸板大姐觉得文具精灵可以用自己的特点赢得比赛。

✦ **窃窃私语** 77 页
解释 | 私底下说悄悄话。
本书用法 | 指啦啦队观众们都偷偷认为这场比赛的结果会一边倒。

✦ **志得意满** 79 页
解释 | 形容又得意又满足的样子。
本书用法 | 描述不锈钢剪刀小子自信投球的模样。

✦ **欢声雷动** 79 页
解释 | 形容热烈欢乐的场面。
本书用法 | 形容为"焱焱焱"队的加油欢呼声。

✦ **不费吹灰之力** 80 页
解释 | 比喻事情轻而易举,连吹灰般微小的力量都可不必花费。
本书用法 | 形容锅铲大兵轻松跑回本垒的样子。

✦ **迅雷不及掩耳** 80 页
解释 | 雷声突然响起,令人来不及捂住耳朵。比喻行动迅速,令人来不及防备。
本书用法 | 指水果飞刀手投出的球速非常快。

✦ **抱佛脚** 81 页
解释 | 比喻平时没有充分准备,遇事时才匆忙应付。
本书用法 | 指磁铁贵公子和直尺小子怪自己平时练习不够。

✦ **凶多吉少** 83 页
解释 | 形容事情的形势不乐观。
本书用法 | 指彩纸妹妹非常担心比赛会输掉。

✦ **伶牙俐齿** 89 页
解释 | 形容口才好,能言善道。
本书用法 | 形容订书机小子很会说话。

✦ **英雄无用武之地** 91 页
解释 | 一个人虽有才能,却没有施展的机会。
本书用法 | 指书套大帅哥觉得自己的魔法越来越没有用。

✦ **一传十,十传百** 92 页
解释 | 形容消息经过口耳相传,散布得很快。
本书用法 | 形容书套大帅哥和书衣小美女想要开书店的消息传得很快。

✦<u>有志者事竟成</u>　92 页
解释｜只要立好志向去做，事情终究会成功。
本书用法｜指书套大帅哥觉得自己开书店的计划一定会成功。

✦<u>一臂之力</u>　93 页
解释｜一只胳臂的力量。比喻从旁给予的援助。
本书用法｜指纸书签女孩和书面纸同学都愿意来帮忙开书店。

✦<u>愁容满面</u>　93 页
解释｜满脸忧愁的样子。
本书用法｜形容书套大帅哥和书衣小美女烦恼的模样。

✦<u>袖手旁观</u>　93 页
解释｜形容置身事外，觉得不关自己的事情。
本书用法｜指书皮纸同学认为自己不能不参加开书店的计划。

✦<u>三个臭皮匠
　胜过一个诸葛亮</u>　94 页
解释｜只要团结合作，就可以胜过更强的人。
本书用法｜指纸书签女孩觉得只要大家合作一定可以成功。

✦<u>共襄盛举</u>　94 页
解释｜齐心协力完成一项重要的任务。
本书用法｜指订书机小子也想来帮忙开书店。

✦<u>千载难逢</u>　94 页
解释｜形容机会极为难得。
本书用法｜指文具精灵们很难得地得到开书店的机会。

✦<u>神采奕奕</u>　96 页
解释｜形容人精神饱满，容光焕发。
本书用法｜指百科全书店长很有精神的样子。

✦<u>一探究竟</u>　97 页
解释｜看清楚、弄明白。
本书用法｜指书衣小美女招呼路人进来书店参观。

✦<u>独一无二</u>　101 页
解释｜比喻最突出或极少见，没有可比拟或相同的事物。
本书用法｜形容扭蛋书这个新创意非常特别。

好用成语、词语秘籍

文具精灵的写作课 ❹

十把惊奇金钥匙，
让你的文章和故事扣人心弦！

也许你已经注意到，不论是着重抒情或说理的作文，或者是要写出一个创意十足的故事，都需要适当地使用一些关联词，才能让内容更生动，更流畅。

所谓关联词，就是一组词语，分别放在两个句子不同的部分，表示前一句和后一句的关系。

那么，有哪些关联词是必须牢牢掌握的呢？以下是十组你一定要学会活学活用的"金钥匙"，经常用它们练习搭配造句，一定会让更多读者爱上你的文章哦！

1. 不但……，而且……

例句：这幅名画不但颜色非常鲜艳，而且画中的人物表情特别栩栩如生。

用法：同一件事物如果有两个不同特点，就把大家比较熟知的特点放在前句，要特别突显的重点则放在后句。

效果：制造"更上一层楼"的感觉，让读者觉得你所描述的事物有特点，而且越来越吸引人。

2. 难道……，就……

例句：难道只是因为你考试成绩第一，大家就一定会选你当班长吗？

用法：前句放一个原因，后句放一个可能会产生变化的结局。

效果：这种问句式的转折语，最容易让读者想象到其他可能性，也能进一步思考其中的道理。

3. 除非……,否则……

例句:除非你很乖,否则妈妈不会给你买玩具。

用法:把你要说服别人要做的事情放在前句,把可能的后果放在后句。

效果:除非和否则是一种用反面语气说正事的写法,可以营造较强烈的语气。如果用这样的句子:"如果你很乖,妈妈就买玩具给你。"语气就比较平淡了。

4. 就算……,也……

例句:就算你给我一千万,我也绝不会帮你做任何坏事。

用法:前句可以放一个很夸张的假设或诱因,后句放上你想要坚持的事情。

效果:前后句产生强烈的对比,产生让人印象深刻的效果。

5. 本来……,竟然……

例句:本来全班已经拟定好的计划,竟然被他一个人搞砸了。

用法:前句放一个大家都觉得合理或确定的事实,后句放上一个让人吃惊的变化或结局。

效果:把大家原本觉得理所当然的事,翻转成令人意料之外的发展。

6. 明明……，但却……

例句：明明可以好好地大哭一场，但我却一点儿都哭不出来。

用法：和上面"本来……竟然……"的用法有点类似，但这个关联词的前句强调的是你很简单清楚要做的一件事，后句放上阻碍前句发生的相反或意外结果。

效果：制造一个愿望和做法"被半路拦截"的感觉，让读者能体会到你的心情转折。

7. 与其……，不如……

例句：与其闷在家里一整天，不如我们出去逛街，还比较不浪费时间。

用法：前句放一件本来不得不做的事情，后句设另一个更好的新选择取代前者。

效果：前后句好像一种选择题，还偷偷暗示读者最好选后者，也突显你有能力可以提出其他更好的建议。

8. 都已经……，还在……

例句：事情都已经急到火烧眉毛了，你还在那里说风凉话！

用法：前句放一件已经发生且急迫的事情，后句放一件不痛不痒的做法、反应或行为。

效果：适合用来描写两件事情的轻重缓急，前后形成对比，会让你的文章有紧张感和张力，让人产生看下去的好奇心。

9. 连……都……，怎么可以（还）……

例句：连平时最不用功的王小明都决定发愤图强了，你怎么可以一直原地踏步？

用法：前句直接放一件本来不可能，但最后具有惊人变化的事情，后句放一个主角比不上或赶不及的事件或选择。

效果：不但可以让读者明白作者觉得怎么做才是对的，还可能因为这个句型的出现，暗示文章接下来主角各自发展的不同结果。

10. 要不是……，否则……

例句：要不是妈妈要我随时照顾你，否则我才不要跟着你去旅行呢！

用法：前句出现一个不得不做的命令或条件，后句放一个被前句影响的决定，后句也可以改成否则我早就一个人去旅行了！

效果：强烈突显主角的心不甘情不愿，在接受某些情况或条件之下才去做某件事，可以让文章读起来有变化，有转折。

是不是很简单，是不是很厉害？下次写作文时，你不妨试着善用这十大"黄金关联词"，你会发现文章不但写得顺畅，而且能更清楚、更有故事性地表达你的想法哦！

主题立意卷
魔法开书店

版权专有　侵权必究

图书在版编目（CIP）数据

文具精灵国：跟着童话学写作．主题立意卷：魔法开书店／郭恒祺著；BO2绘．— 北京：北京理工大学出版社，2022.1
ISBN 978-7-5763-0662-0

Ⅰ.①文… Ⅱ.①郭…②B… Ⅲ.①童话—作品集—中国—当代 Ⅳ.①I287.7

中国版本图书馆CIP数据核字(2021)第232418号

北京市出版局著作权合同登记号　图字：01-2021-6221
本书简体中文版权由小鲁文化事业股份有限公司授权出版
ⓒ2022HSIAO LU PUBBLISHING CO.LTD.

出版发行 /	北京理工大学出版社有限责任公司
社　　址 /	北京市海淀区中关村南大街5号
邮　　编 /	100081
电　　话 /	（010）68913389（童书出版中心）
网　　址 /	http://www.bitpress.com.cn
经　　销 /	全国各地新华书店
印　　刷 /	雅迪云印（天津）科技有限公司
开　　本 /	880毫米×1230毫米　1/32
印　　张 /	15
字　　数 /	600千字
版　　次 /	2022年1月第1版　2022年1月第1次印刷
定　　价 /	140.00元（共4册）

责任编辑／姚远芳
责任校对／刘亚男
责任印制／王美丽

图书出现印装质量问题，请拨打售后服务热线，本社负责调换